Nocturnos

Kazuo Ishiguro

Nocturnos

Cinco historias de música y crepúsculo

Traducción de Antonio-Prometeo Moya

EDITORIAL ANAGRAMA
BARCELONA

Título de la edición original:
Nocturnes
Faber and Faber
Londres, 2009

Ilustración: © Corbis / Cordon Press

Primera edición: junio 2010
Segunda edición: julio 2010
Tercera edición: septiembre 2010
Cuarta edición: octubre 2017

Diseño de la colección: Julio Vivas y Estudio A

© De la traducción, Antonio-Prometeo Moya, 2010

© Kazuo Ishiguro, 2009

© EDITORIAL ANAGRAMA, S. A., 2010
  Pedró de la Creu, 58
  08034 Barcelona

ISBN: 978-84-339-7537-9
Depósito Legal: B. 21009-2010

Printed in Spain

Reinbook serveis gràfics, sl,
Passeig Sanllehy, 23 – 08213 Polinyà

Para Deborah Rogers

El cantante melódico

La mañana que vi a Tony Gardner entre los turistas, la primavera acababa de llegar a Venecia. Llevábamos ya una semana trabajando fuera, en la piazza, un alivio, si se me permite decirlo, después de tantas horas tocando en el cargado ambiente del café, cortando el paso a los clientes que querían utilizar la escalera. Soplaba la brisa aquella mañana, los toldos se hinchaban y aleteaban a nuestro alrededor, todos nos sentíamos un poco más animados y frescos, y supongo que se notó en nuestra música.

Pero aquí estoy yo, hablando como si fuera un miembro habitual de la banda. En realidad, soy un «zíngaro», como nos llaman los demás músicos, uno de los tipos que rondan por la piazza, en espera de que cualquiera de las tres orquestas de los cafés nos necesiten. Casi siempre toco aquí, en el Caffè Lavena, pero si la tarde se anima puedo actuar con los chicos del Quadri, ir al Florian y luego cruzar otra vez la plaza para volver al Lavena. Me llevo muy bien con todos

11

—también con los camareros— y en cualquier otra ciudad ya me habrían dado un puesto fijo. Pero en este lugar, obsesionado por la tradición y el pasado, todo está al revés. En cualquier otro sitio, ser guitarrista sería una ventaja. Pero ¿aquí? ¡Un guitarrista! Los gerentes de los cafés se ponen nerviosos. Es demasiado moderno, a los turistas no les gustaría. En otoño del año pasado compré un antiguo modelo de jazz, con el orificio ovalado, un instrumento que habría podido tocar Django Reinhardt, de modo que era imposible que me confundieran con un roquero. El detalle facilitó un poco las cosas, pero a los gerentes de los cafés sigue sin gustarles. La cuestión es que si eres guitarrista, aunque seas Joe Pass, no te dan un trabajo fijo en esta plaza.

Claro que también está la pequeña cuestión de que no soy italiano y menos aún veneciano. Lo mismo le pasa al checo corpulento que toca el saxo alto. Simpatizan con nosotros, los demás músicos nos necesitan, pero no encajamos en el programa oficial. Tú toca y ten la boca cerrada, eso es lo que dicen siempre los gerentes de los cafés. De ese modo, los turistas no sabrán que no somos italianos. Ponte traje y gafas negras, péinate con el pelo hacia atrás y nadie notará la diferencia, siempre que no te pongas a hablar.

Pero tampoco me va tan mal. Las tres orquestas, sobre todo cuando tienen que tocar al mismo tiempo en sus quioscos rivales, necesitan una guitarra, algo suave, sólido, pero amplificado, que subraye los acordes al fondo. Supongo que pensáis que tres bandas tocando al mismo tiempo en la misma plaza tiene que ser un auténtico jaleo. Pero la Piazza San Marco es lo bastante grande para permitirlo. Un turista que se pasee por ella oirá apagarse una melodía mientras sube el volumen de otra como si cambiara el dial de la radio. Lo que los turistas no soportan mucho rato es el repertorio clásico, esas arias famosas en versión instrumental. Sí, esto es San Marco, no esperan los últimos éxitos discotequeros. Pero de vez en cuando quieren algo que reconozcan, una canción antigua de Julie Andrews o el tema de una película famosa. Recuerdo que el verano pasado, yendo de una banda a otra, toqué «El padrino» nueve veces en una tarde.

En cualquier caso, allí estábamos aquella mañana de primavera, tocando para una nutrida muchedumbre de turistas, cuando vi a Tony Gardner sentado solo con un café, casi en línea recta delante de nosotros, a unos seis metros de nuestro quiosco. Siempre había famosos en la plaza y nunca hacíamos alharacas. A lo sumo, al finalizar un número, corría un callado rumor entre los miembros de la banda. Mira, es Warren Beatty. Mira, es Kissinger. Aquella mujer es la que salía en la película de los hombres que intercambiaban la cara. Estábamos acostumbrados. A fin de cuentas, esto es la Piazza San Marco. Pero cuando me di cuenta de que Tony Gardner estaba allí, fue diferente. Me emocioné.

Tony Gardner había sido el cantante favorito de mi madre. Allá en mi tierra, en los tiempos del comunismo, era realmente difícil encontrar discos como los suyos, pero mi madre los tenía casi todos. Cuando era pequeño hice un arañazo en uno de aquellos valiosos discos. La vivienda era muy pequeña y un chico de mi edad, bueno, a veces tenía que moverse, sobre todo en los meses de frío, cuando no se podía salir a la calle. Y a mí me gustaba jugar a dar saltos, saltaba del sofá al sillón y una vez calculé mal el salto y golpeé el tocadiscos. La aguja resbaló por el disco con un chirrido –fue mucho antes de los compactos– y mi madre salió de la cocina y se puso a gritarme. Me sentí fatal, no sólo porque me gritase, sino porque sabía que era un disco de Tony Gardner, y comprendía lo mucho que significaba para ella. Y sabía que a partir de entonces también aquel disco emitiría crujidos cuando Gardner cantase sus melodías americanas. Años después, mientras trabajaba en Varsovia, acabé conociendo el mercado negro de los discos y reemplacé todos los viejos y gastados álbumes de Tony Gardner de la colección de mi madre, incluido el que yo había raspado. Tardé tres años, pero se los conseguí, uno por uno, y cada vez que volvía para visitarla, le llevaba otro.

Seguro que ahora se entiende por qué me emocioné tanto cuando lo reconocí, apenas a seis metros de donde me encontraba. Al principio no me lo podía creer y es posible que me retrasara un intervalo al cambiar de acorde. ¡Tony Gardner! ¡Lo que habría dicho mi querida madre si lo hubiera sabido! Por ella, por su recuerdo, tenía que acercarme y decirle algo, y no me importaba que los demás músicos se rieran y dijesen que me comportaba como un botones de hotel.

Pero tampoco era cuestión de correr hacia él, derribando mesas y sillas. Teníamos que terminar la actuación. Fue un sufrimiento, os lo digo yo, otras tres, cuatro piezas, y cada segundo que pasaba me parecía que iba a levantarse e irse. Pero siguió sentado allí, solo, mirando su café, removiéndolo como si le desconcertara el motivo por el que se lo había servido el camarero. Era como cualquier otro turista estadounidense, con pantalón informal gris y un polo azul claro. El pelo, muy negro y muy reluciente en la carátula de los discos, era casi blanco ahora, aunque seguía siendo abundante, y lo llevaba inmaculadamente esculpido, con el mismo estilo de entonces. Cuando me fijé en él al principio, llevaba las gafas negras en la mano –si no, dudo que lo hubiera reconocido–, pero mientras interpretábamos las piezas yo no apartaba los ojos de él, y se las puso, se las quitó y volvió a ponérselas. Parecía preocupado y me decepcionó que no prestara atención a nuestra música.

Cuando terminó nuestra actuación, me fui del quiosco sin decir nada a los demás, me acerqué a la mesa de Tony Gardner y tuve un momento de pánico, porque no sabía cómo iba a empezar la conversación. Me puse detrás de él. Guiado por un sexto sentido, se volvió a mirarme –supongo que por haber estado acosado por sus fans durante años– y, casi sin darme cuenta, me presenté, le conté que lo admiraba, que mi madre había sido fan suya, todo de un tirón. Me escuchó con cara seria, asintiendo con la cabeza cada tantos segundos, como si fuera mi médico. Yo seguí hablando y él se limitó a decir de vez en cuando: «¿De veras?» Al cabo del rato me pareció que era hora de irse, y cuando ya me alejaba me dijo:

—Así que es usted de uno de esos países comunistas. Tuvo que ser duro.

—Eso pertenece ya al pasado —dije, encogiéndome de hombros con despreocupación—. Ahora somos un país libre. Una democracia.

—Me alegra oír eso. Y quienes tocaban hace un momento eran los de su grupo. Siéntese. ¿Le apetece un café?

Le dije que no quería que se sintiera obligado, pero hubo una vaga y amable insistencia por parte del señor Gardner.

—De ningún modo, siéntese. Decía usted que a su madre le gustaban mis discos.

Así que tomé asiento y le conté más cosas. De mi madre, de nuestra vivienda, de los discos del mercado negro. Y aunque no recordaba el nombre de los álbumes, le describí las carátulas tal como me venían a la memoria, y cada vez él levantaba el dedo y decía más o menos: «Ah, seguro que ése era *Inimitable. El inimitable Tony Gardner.*» Creo que los dos disfrutábamos con aquel juego, pero entonces me di cuenta de que dejaba de mirarme y me volví en el instante en que una mujer se acercaba a la mesa.

Era una de esas señoras americanas con mucha clase, con un peinado, una ropa y una figura de primera, y que cuando las ves de cerca te das cuenta de que no son tan jóvenes. De lejos habría podido tomarla por una modelo de las que salen en las revistas de lujo dedicadas a la moda. Pero cuando tomó asiento al lado del señor Gardner y se levantó las gafas negras hasta la frente, advertí que debía de tener unos cincuenta años, quizá más.

16

—Le presento a Lindy —me dijo el señor Gardner—, mi mujer.

La señora Gardner me dirigió una sonrisa algo forzada y se volvió a su marido.

—¿Y quién es éste? ¿Has hecho un amigo?

—Así es, querida. Y he pasado un buen rato charlando aquí con..., lo siento amigo, pero no sé cómo se llama.

—Jan —dije con rapidez—. Pero mis amigos me llaman Janeck.

—¿Quiere decir que su apodo es más largo que su nombre verdadero? —dijo Lindy Gardner—. ¿Cómo es posible?

—No seas impertinente, cariño.

—No soy impertinente.

—No te burles de su nombre, cariño. Es una buena chica.

Lindy Gardner me miró con cara de algo parecido a la indefensión.

—¿Sabe de lo que habla mi marido? ¿Le he ofendido acaso?

—No, no —dije—, en absoluto, señora Gardner.

—Siempre me dice que soy impertinente en público. Pero no lo soy. ¿He sido impertinente con usted? —Y volviéndose al señor Gardner—: Yo hablo en público con *naturalidad*, querido. Es *mi* forma de expresarme. Nunca soy impertinente.

—Está bien, cariño —dijo el señor Gardner—, no hagamos una montaña de esto. De todos modos, este hombre no es el público.

—¿Ah, no? ¿Qué es entonces? ¿Un sobrino que desapareció hace años?

17

–Sé amable, cariño. Este hombre es un colega. Un músico, un profesional. Hace un momento nos estaba deleitando a todos. –Señaló vagamente hacia nuestro quiosco.

–Ay, qué bien. –Lindy Gardner se volvió otra vez hacia mí–. ¿Estaba usted tocando hace un momento? Pues ha sido muy bonito. Usted era el del acordeón, ¿verdad? Ha sido realmente precioso.

–Muchas gracias. En realidad, soy el guitarrista.

–¿Guitarrista? Me toma el pelo. Pero si lo he visto hace sólo un minuto. Sentado ahí, al lado del contrabajo, tocando el acordeón que era una delicia.

–Discúlpeme, pero el del acordeón era Carlo. El tipo calvo y corpulento...

–¿Seguro? ¿No me toma el pelo?

–Te lo repito, querida. No seas impertinente con él.

No lo dijo exactamente gritando, pero en su voz hubo una inesperada veta de dureza e irritación, y a continuación se produjo un extraño silencio. Lo rompió el propio señor Gardner, hablando a su mujer con amabilidad.

–Perdona, cariño. No quería ser brusco.

Estiró el brazo y asió la mano de su mujer. Yo medio esperaba que ella rechazara el gesto, pero acercó la silla y puso la mano libre sobre las dos enlazadas. Estuvieron así unos segundos, el señor Gardner con la cabeza gacha, ella mirando al vacío por encima del hombro del marido, mirando hacia la basílica, aunque no daba la impresión de que viera nada. Durante aquellos instantes fue como si se hubieran olvidado

18

no sólo de que yo estaba allí con ellos, sino también de toda la gente que había en la piazza.

–Está bien, querido –dijo ella entonces, casi susurrando–. Ha sido culpa mía. Os he fastidiado.

Siguieron en la misma posición otro poco, con las manos enlazadas. La mujer dio entonces un suspiro, soltó la mano del señor Gardner y me miró. Ya me había mirado, pero esta vez fue otra cosa. Esta vez sentí su encanto. Era como si tuviera un dial, numerado del cero al diez, y en aquel momento hubiera decidido ponerlo en el seis o el siete, porque yo lo sentí con fuerza, y si me hubiera pedido algún favor –por ejemplo, que cruzara la plaza para comprarle unas flores–, se lo habría hecho con alegría.

–Janeck –dijo–. Se llama así, ¿no? Le pido disculpas, Janeck. Tony tiene razón. Es imperdonable haberle hablado como lo he hecho.

–Señora Gardner, por favor, no tiene importancia...

–Y he interrumpido la conversación que sosteníais. Una conversación de músicos, seguro. ¿Sabéis qué? Voy a dejaros solos para que sigáis hablando.

–No tienes por qué irte, querida –dijo el señor Gardner.

–Claro que sí, cariño. *Me muero* por ir a ver la tienda de Prada. Sólo he pasado para decirte que tardaré más de lo previsto.

–Está bien, querida. –Tony Gardner se sentó derecho por fin y respiró profundamente–. Siempre que estés segura de que es eso lo que te apetece.

–Me lo voy a pasar de fábula en esa tienda. Así

que vosotros hablad todo lo que queráis. —Se puso en pie y me tocó en el hombro—. Cuídese, Janeck.

La vimos alejarse y entonces el señor Gardner me hizo algunas preguntas sobre ser músico en Venecia, sobre la orquesta del Quadri en particular y quién estaría tocando en aquellos momentos. Parecía prestar poca atención a mis respuestas, y estaba a punto de disculparme e irme cuando dijo inesperadamente:

—Quisiera proponerle algo, amigo. Permítame decirle primero lo que se me ha ocurrido y luego usted, si lo decide así, lo rechaza. —Se inclinó hacia delante y bajó la voz—. Permítame explicárselo. La primera vez que Lindy y yo vinimos a Venecia fue para pasar nuestra luna de miel. Hace veintisiete años. Y a pesar de los felices recuerdos que nos atan a esta ciudad, no habíamos vuelto hasta ahora, por lo menos juntos. Así que cuando planeamos este viaje, este viaje tan especial para nosotros, nos dijimos que debíamos pasar unos días en Venecia.

—¿Es su aniversario, señor Gardner?

—¿Aniversario? —Pareció desconcertado.

—Perdone —dije—. Me ha pasado por la cabeza, porque ha dicho que era un viaje especial para ustedes.

Siguió un rato con aquella cara de desconcierto y se echó a reír, con una risa profunda y resonante, y entonces me acordé de una canción que mi madre ponía en el tocadiscos continuamente, una canción con un pasaje hablado en que venía a decir que no le importaba que cierta mujer lo hubiera abandonado, y entonces lanzaba una carcajada sarcástica. La risa que resonaba en la plaza en aquel momento era igual. Entonces dijo:

–¿Aniversario? No, no es nuestro aniversario. Pero lo que voy a proponerle no anda muy lejos. Porque quiero hacer algo muy romántico. Quiero darle una serenata. Totalmente al estilo veneciano. Y aquí es donde entra usted. Usted toca la guitarra, yo canto. Lo hacemos en una góndola, nos ponemos al pie de su ventana y yo le canto. Hemos alquilado un palazzo no lejos de aquí. La ventana del dormitorio da al canal. Lo ideal sería por la noche. Hay una luz arriba, en la pared. Usted y yo en la góndola, ella se acerca a la ventana. Todas sus canciones preferidas. No hace falta que estemos mucho rato. Todavía hace fresco por la noche. Tres o cuatro canciones, ésa es la idea que tengo. Le compensaré debidamente. ¿Qué me dice?

–Señor Gardner, para mí será un honor. Como ya le dije, usted ha sido una figura importante en mi vida. ¿Cuándo ha pensado hacerlo?

–Si no llueve, ¿qué le parece esta misma noche? ¿Hacia las ocho y media? Cenaremos pronto y a esa hora ya habremos vuelto. Yo pondré una excusa, saldré de la casa y me reuniré con usted. Tendremos una góndola amarrada, volveremos por el canal, nos detendremos debajo de la ventana. Será perfecto. ¿Qué me dice?

Como cualquiera puede imaginar, fue como un sueño hecho realidad. Además, me parecía algo muy bonito que aquella pareja –él sesentón, ella cincuentona– se comportara como dos adolescentes enamorados. En realidad, era una idea tan bonita que casi me

21

hizo olvidar la escena que habían tenido antes. Lo que quiero decir es que, incluso en aquella fase, yo sabía en lo más hondo que las cosas no iban a salir tan bien como él planeaba.

El señor Gardner y yo seguimos allí sentados, comentando todos los detalles, las canciones que le interesaban, la clave que prefería, cosas por el estilo. Pero entonces se me hizo la hora de volver al quiosco para la siguiente actuación, así que me puse en pie, le di la mano y le dije que aquella noche podía contar conmigo absolutamente para todo.

Las calles estaban silenciosas y a oscuras cuando fui a reunirme con el señor Gardner. En aquella época me perdía en Venecia cada vez que me alejaba un poco de la Piazza San Marco, así que aunque me puse en marcha con tiempo de sobra, y aunque conocía el puentecito donde me había emplazado el señor Gardner, llegué con unos minutos de retraso.

Estaba al pie de una farola, con un traje oscuro arrugado y la camisa abierta hasta el tercer o cuarto botón, enseñando los pelos del pecho. Cuando me disculpé por llegar tarde, dijo:

–¿Qué son unos minutos? Lindy y yo llevamos casados veintisiete años. ¿Qué son unos minutos?

No estaba enfadado, pero se mostraba serio y solemne, todo menos romántico. Detrás de él estaba la góndola, meciéndose suavemente en las aguas del canal, y vi que el gondolero era Vittorio, un sujeto que no me acababa de caer bien. Delante de mí siempre se muestra cordial, pero sé —lo sabía ya por entonces— que anda por ahí diciendo toda clase de calumnias, todo mentira, sobre los tipos como yo, los que él llama «extranjeros de los nuevos países». Por eso, cuando aquella noche me saludó como a un hermano, yo me limité a saludarle con la cabeza y aguardé en silencio mientras él ayudaba al señor Gardner a subir a la góndola. Luego le alargué la guitarra —había llevado la guitarra española, no la que tenía el orificio oval— y subí yo también.

El señor Gardner no hizo más que cambiar de postura en la proa y en cierto momento se sentó con tanta brusquedad que casi volcamos. Pero él no pareció darse cuenta y mientras avanzábamos no dejó de mirar el agua.

Guardamos silencio durante unos minutos, deslizándonos junto a edificios y sombras y por debajo de puentes bajos. Entonces salió de su abstracción y dijo:

—Escuche, amigo. Sé que hemos quedado en tocar esta noche una serie de canciones. Pero he estado reflexionando. A Lindy le gusta aquella que se titulaba «By the Time I Get to Phoenix». La grabé hace mucho tiempo.

—Claro, señor Gardner. Mi madre decía siempre que su versión era mejor que la de Sinatra. Y que aquella tan famosa de Glenn Campbell.

El señor Gardner asintió con la cabeza y durante un momento dejé de ver su rostro. Cuando fue a doblar una esquina, Vittorio dio el grito tradicional de aviso, que retumbó entre los muros de los edificios.

—Antes se cantaba mucho —dijo el señor Gard-

23

ner–. Entiéndame, creo que le gustaría oírla esta noche. ¿Conoce la melodía?

Yo ya había sacado la guitarra de la funda y toqué unos compases.

–Suba –dijo–. A mi bemol. Así la grabé en el álbum.

Toqué en aquella clave y, tras dejar pasar toda una estrofa, el señor Gardner empezó a cantar, de un modo muy suave, casi inaudible, como si sólo recordara la letra a medias. Pero su voz sonaba bien en el silencio del canal. En realidad, sonaba estupendamente. Y durante un momento volví a ser niño, allá en aquella vivienda, acostado en la alfombra mientras mi madre estaba sentada en el sofá, agotada, o quizá desconsolada, mientras el disco de Tony Gardner daba vueltas en el rincón.

El señor Gardner interrumpió la canción de pronto y dijo:

–De acuerdo. Tocaremos «Phoenix» en mi bemol. Luego tal vez «I Fall in Love Too Easily», tal como planeamos. Y terminaremos con «One for My Baby». Será suficiente. No tendrá ganas de oír más.

Tras decir aquello pareció volver a sus meditaciones y seguimos adelante en medio de la oscuridad y entre los suaves chapoteos del remo de Vittorio.

–Señor Gardner –dije al cabo del rato–, espero que no le moleste que le haga una pregunta. Pero ¿espera la señora Gardner este recital? ¿O va a ser una sorpresa maravillosa?

Dio un profundo suspiro y dijo:

–Supongo que tendríamos que ponerlo en la casi-

24

lla de las sorpresas maravillosas. –Luego añadió–: Sólo Dios sabe cómo reaccionará. Puede que no lleguemos a «One for My Baby».

Vittorio dobló otra esquina y de súbito oímos risas y música, y pasamos por delante de un restaurante grande, brillantemente iluminado. Todas las mesas estaban ocupadas, los camareros corrían de aquí para allá, los comensales parecían muy contentos, aunque no era precisamente calor lo que se sentía tan cerca del canal y en aquella época del año. Después de desplazarnos entre la oscuridad y el silencio, el restaurante resultaba un poco inquietante. Como si los inmóviles fuéramos nosotros y observáramos desde el muelle el paso de un resplandeciente barco de atracciones. Vi que algunas caras se volvían hacia nosotros, pero nadie nos prestó particular atención. El restaurante quedó atrás y entonces dije:

–Es gracioso. ¿Se imagina lo que harían esos turistas si supieran que acababa de pasar una embarcación con el legendario Tony Gardner a bordo?

Vittorio no sabía mucho inglés, pero pilló el mensaje y rió levemente. El señor Gardner guardó silencio durante un rato. Habíamos vuelto a la oscuridad e íbamos por un canal estrecho y flanqueado de portales mal iluminados. Entonces dijo:

–Amigo mío, usted es de un país comunista. Por eso no entiende cómo funcionan estas cosas.

–Señor Gardner –dije–, mi país ya no es comunista. Ahora somos libres.

–Discúlpeme. No es mi intención hablar mal de su país. Son ustedes un pueblo valiente. Espero que alcancen la paz y la prosperidad. Lo que trato de decirle, amigo mío, lo que quiero señalarle, es que, viniendo de donde viene, es del todo natural que haya muchas cosas que no entiendan ustedes todavía. Del mismo modo que tiene que haber muchas cosas en su país que yo no entienda.

–Supongo que tiene razón, señor Gardner.

–Esas personas que hemos dejado atrás hace un momento. Si usted se acercara a ellas y les dijese: «Eh, ¿se acuerda alguien de Tony Gardner?», es posible que algunos, o casi todos, le dijeran que sí. ¿Quién sabe? Pero pasando en góndola como hemos pasado, aun en el caso de que me reconocieran, ¿cree que se emocionarían? Yo creo que no. No soltarían el tenedor, no interrumpirían las charlas íntimas a la luz de las velas. ¿Para qué? No soy más que un cantante melódico de una época pasada.

–No puedo aceptar eso, señor Gardner. Usted es un clásico. Es como Sinatra o Dean Martin. Hay canciones clásicas que nunca pasan de moda. No es como las estrellas pop.

–Es usted muy amable por decir eso, amigo mío. Sé que su intención es buena. Pero esta noche, precisamente esta noche, no es el mejor momento para burlarse de mí.

Estaba a punto de protestar, pero hubo algo en su actitud que me aconsejó olvidarme del asunto. Así que seguimos avanzando, todos en silencio. Si he de ser sincero, empezaba ya a preguntarme en qué me había metido, de qué iba la historia aquella de la serenata. A fin de cuentas, eran americanos. Basándome en lo que yo sabía, cuando el señor Gardner se pusiera a cantar, la señora Gardner podía perfectamente salir a la ventana con una pistola y abrir fuego contra nosotros.

Puede que las lucubraciones de Vittorio siguieran la misma dirección, porque cuando pasamos bajo una farola, me miró como diciendo: «Vaya tío raro que llevamos, ¿eh, *amico?*» Pero no respondí. No iba a ponerme al lado de los de su clase y en contra del señor Gardner. Según Vittorio, los extranjeros como yo se dedican a estafar a los turistas, a ensuciar los canales y, en general, a arruinar toda la maldita ciudad. Los días que está de mal humor dirá que somos atracadores, incluso violadores. Una vez le pregunté directamente si era cierto que iba por ahí diciendo estas cosas y me juró que todo era una sarta de mentiras. ¿Cómo podía ser racista él, que tenía una tía judía a la que adoraba como a una madre? Pero una tarde que me encontraba en Dorsoduro, matando el tiempo entre dos actuaciones, acodado en el pretil de un puente, pasó una góndola por debajo. Iban tres turistas sentados y Vittorio de pie, dándole al remo y proclamando a los cuatro vientos aquellas patrañas. Así que por mucho que me mire a los ojos, no obtendrá la menor complicidad de mí.

–Permítame contarle un pequeño secreto –dijo entonces el señor Gardner–. Un secretito sobre las actuaciones. De profesional a profesional. Es muy sencillo. Hay que saber algo, no importa qué, pero hay que saber algo del público. Algo que nos permita, interiormente, distinguir aquel público del otro ante el que cantamos la noche anterior. Pongamos que estamos en Milwaukee. Tenemos que preguntarnos: ¿qué es aquí diferente, qué tiene de especial el público de Milwaukee? ¿En qué se diferencia del público de Madison? Si no se nos ocurre nada, hemos de esforzarnos hasta que se nos ocurra. Milwaukee, Milwaukee. En Milwaukee preparan unas chuletas de cerdo excelentes. Eso serviría y eso es lo que utilizamos cuando salimos allí a escena. No es necesario decirles una palabra al respecto, pero es en lo que hay que pensar mientras se canta. Los que tenemos delante de nosotros, ésos son los que se comen las chuletas de cerdo. En cuestión de chuletas de cerdo tienen unos índices de calidad muy altos. ¿Entiende lo que le digo? De ese modo, el público se personaliza, pasa a ser alguien a quien se conoce, alguien para quien se puede actuar. Bueno, ése es mi secreto. De profesional a profesional.

–Pues gracias, señor Gardner. Nunca se me había ocurrido enfocarlo de ese modo. Un consejo de alguien como usted, no lo olvidaré.

–Pues esta noche –prosiguió– vamos a actuar para Lindy. Lindy es el público. Así que voy a contarle algo sobre Lindy. ¿Quiere oír cosas de ella?

–Claro que sí, señor Gardner –dije–. Me gustaría mucho oírlas.

El señor Gardner estuvo hablando alrededor de veinte minutos, mientras la góndola enfilaba canales. Unas veces su voz descendía al nivel del murmullo, como si hablara para sí. Otras, cuando la luz de una farola o una ventana iluminada barría la góndola, se acordaba de mi existencia y elevaba el volumen y decía: «¿Entiende lo que le digo, amigo mío?» o algo parecido.

Su mujer era de un pueblo de Minnesota, en el centro de Estados Unidos, y las maestras la castigaban mucho porque, en vez de estudiar, se dedicaba a hojear revistas de cine.

—Lo que aquellas señoras no entendieron nunca es que Lindy tenía grandes planes. Y mírala ahora. Rica, guapa, ha viajado por todo el mundo. ¿Y qué son hoy aquellas maestras? ¿Qué vida llevarán? Si hubieran hojeado más revistas de cine, habrían soñado más y a lo mejor tendrían también un poco de lo que Lindy tiene actualmente.

A los diecinueve años se había ido a California en autostop, con intención de llegar a Hollywood. Pero se quedó en las afueras de Los Ángeles, trabajando en un restaurante de carretera.

—Es sorprendente —dijo el señor Gardner—. Un restaurante normal, un pequeño establecimiento cercano a la autopista. Resultó ser el mejor sitio al que habría podido ir a parar. Porque era allí donde aterrizaban todas las chicas ambiciosas, de sol a sol. Eran siete, ocho, una docena, pedían los cafés, los perritos calientes, allí clavadas durante horas, hablando.

Aquellas chicas, algo mayores que Lindy, procedían de todos los rincones de Estados Unidos y llevaban ya en la zona de Los Ángeles por lo menos dos o tres años. Llegaban al restaurante para cambiar cotilleos e historias de mala suerte, comentar tácticas, vigilar los progresos de las otras. Pero la principal atracción del lugar era Meg, una mujer ya cuarentona, la camarera con la que trabajaba Lindy.

—Meg era la hermana mayor de todas, su fuente de sabiduría. Porque hacía muchos, muchos años había sido exactamente como ellas. Tiene usted que entender que eran chicas serias, chicas realmente ambiciosas y decididas. ¿Hablaban de vestidos, de zapatos y de maquillaje, como otras chicas? Seguro que sí. Pero sólo hablaban de los vestidos, los zapatos y el maquillaje que las ayudaría a casarse con una estrella. ¿Hablaban de cine? ¿Hablaban del mundillo de la música? Naturalmente. Pero hablaban de los actores de cine y los cantantes que estaban solteros, de los que eran infelices en su matrimonio, de los que se estaban divorciando. Y Meg, entiéndalo, podía hablarles de todo esto y de mucho más. Meg había recorrido aquel camino antes que ellas. Conocía todas las normas, todos los trucos, en lo referente a casarse con un astro de la pantalla. Y Lindy se sentaba con ellas y lo asimilaba todo. Aquel pequeño restaurante fue su Harvard, su Yale. ¿Una chica de Minnesota, de diecinueve años? Ahora tiemblo al pensar en lo que habría podido ser de ella. Pero tuvo suerte.

—Señor Gardner —dije—, perdone que le interrumpa. Pero si esta Meg era tan lista en todo, ¿cómo es que no se había casado con una estrella? ¿Por qué servía perritos calientes en aquel restaurante?

—Buena pregunta, pero es que usted no entiende cómo funcionan estas cosas. Es cierto, esta mujer,

Meg, no lo había conseguido. Pero lo importante es que había observado a las que sí. ¿Lo entiende, amigo mío? En otra época había sido como aquellas chicas y había sido testigo del éxito de unas y del fracaso de otras. Había visto las dificultades, había visto las escalinatas de oro. Podía contarles todo lo bueno y todo lo malo, y las chicas escuchaban. Y algunas aprendían. Por ejemplo, Lindy. Ya se lo he dicho, fue su Harvard. Allí se gestó todo lo que ella es hoy. Le dio la fuerza que le iba a hacer falta después, y vaya si le hizo falta, chico. Pasaron seis años hasta que se le presentó la primera oportunidad. ¿Se lo imagina? Seis años de gestiones, de planificación, de esperar el turno en la cola. Sufriendo reveses una y otra vez. Pero es igual que en nuestra profesión. No puedes dar media vuelta y desistir por unos cuantos golpes iniciales. Las chicas que se conforman, a ésas se las puede ver en todas partes, casadas con hombres grises en ciudades anónimas. Pero unas cuantas, las que son como Lindy, ésas aprenden con cada golpe, se hacen más fuertes, más duras, y vuelven replicando con furia. ¿Cree que Lindy no sufrió humillaciones? ¿A pesar de su belleza y su encanto? Lo que la gente no entiende es que la belleza no es lo más importante. Úsala mal y te tratarán como a una puta. El caso es que al cabo de seis años le llegó la oportunidad.

—¿Fue cuando lo conoció a usted, señor Gardner?

—¿A mí? No, no. Yo aparecí un poco después. Se casó con Dino Hartman. ¿No ha oído hablar de Dino? —El señor Gardner rió por lo bajo con un ligero matiz de crueldad—. Pobre Dino. Sospecho que sus discos no llegaban a los países comunistas. Pero Dino tenía un prestigio por aquel entonces. Cantó mucho en Las Vegas y ganó algunos discos de oro. Como le digo, fue la gran oportunidad de Lindy. Cuando la conocí, estaba casada con Dino. La vieja Meg le había explicado que las cosas suceden siempre así. Desde luego, una chica puede tener suerte la primera vez, ir derecha a la cumbre, casarse con un Sinatra o un Brando. Pero no es lo habitual. Una chica tiene que estar preparada para salir del ascensor en el primer piso, para abandonar. Necesita acostumbrarse al aire de ese piso. Entonces, quizá, un día, en ese primer piso, conocerá a alguien que ha bajado del ático unos minutos, quizá a recoger algo. Y el tipo le dice a la chica: oye, ¿por qué no te vienes arriba conmigo, al último piso? Lindy sabía que las cosas suelen suceder así. No había aflojado al casarse con Dino, no había bajado el listón de sus ambiciones. Y Dino era un tipo decente. Siempre me cayó bien. Por eso, aunque me enamoré perdidamente de Lindy en el instante en que la vi, no hice ningún movimiento. Fui el caballero perfecto. Luego descubrí que era esto lo que había determinado la decisión de Lindy. No hay más remedio que admirar a una mujer así. No hace falta que le diga, amigo mío, que entonces yo era una estrella rutilante. Calculo que la madre de usted me escucharía por aquella época. Pero la estrella de Dino se estaba apagando muy aprisa. Muchos cantantes lo pasaron muy mal por entonces. Todo estaba cambiando. La gente joven escuchaba a los Beatles, a los Rolling Stones. El pobre Dino sonaba ya casi como Bing Crosby.

Probó a lanzar un álbum de bossa nova y la gente se rió de él. Decididamente, para Lindy había llegado el momento de salir del ascensor. Nadie habría podido acusarnos de nada en aquella situación. Creo que ni siquiera Dino nos lo reprochó. Y entonces di el paso. Así fue como Lindy subió al ático.

»Nos casamos en Las Vegas, pedimos que nos llenaran la bañera de champán. Esa canción que vamos a interpretar esta noche, "I Fall in Love Too Easily". ¿Sabe por qué la he elegido? ¿Quiere saberlo? Poco después de casarnos fuimos a Londres. Después de desayunar subimos a la habitación y la camarera estaba limpiándola. Pero Lindy y yo follamos como conejos. Y al entrar oímos a la camarera pasando la aspiradora por el salón de la suite, no la veíamos, porque había un biombo por medio. Así que entramos de puntillas, como si fuéramos críos, ¿se da cuenta? Entramos de puntillas en el dormitorio y cerramos la puerta. Vimos que la camarera había arreglado ya el dormitorio, así que no era probable que volviese, pero no estábamos seguros. En cualquier caso, no nos importaba. Nos desnudamos aprisa, hicimos el amor en la cama y todo el rato la camarera al otro lado del tabique, moviéndose por la suite, sin la menor idea de que estábamos allí. Ya le digo, estábamos cachondos, pero al cabo del rato encontramos graciosa la situación y nos entró la risa. Por fin terminamos y nos quedamos abrazados, y la camarera seguía allí, ¿y sabe qué? ¡Se puso a cantar! Había apagado la aspiradora y se puso a cantar a pleno pulmón, y qué voz tan horrorosa tenía. Nosotros no parábamos de reír, pero procurábamos no hacer ruido. ¿Y sabe lo que pasó después? Que dejó de cantar y encendió la radio. Y de pronto oímos a Chet Baker. Cantaba "I Fall in Love Too Easily", lento, suave, meloso. Y Lindy y yo allí acostados en la cama, oyendo cantar a Chet. Un momento después también yo me puse a cantar, en voz muy baja, al ritmo que seguía Chet Baker en la radio, con Lindy acurrucada entre mis brazos. Así fue. Y por eso vamos a interpretar esa canción esta noche. Aunque no sé si ella se acordará. ¿Quién diablos lo sabe?

El señor Gardner dejó de hablar y vi que se enjugaba las lágrimas. Vittorio dobló otra esquina y entonces me di cuenta de que pasábamos otra vez junto al restaurante. El local parecía más animado que antes y en el rincón tocaba un pianista, un conocido mío que se llamaba Andrea.

Volvimos a sumergirnos en la oscuridad y dije:

–Señor Gardner, ya sé que no es asunto mío. Pero entiendo que las cosas no han ido muy bien últimamente entre usted y la señora Gardner. Quiero que sepa que comprendo esas cosas. Mi madre solía estar triste, más o menos como usted ahora. Creía que había encontrado a alguien y se ponía muy contenta cuando me hablaba del tipo que iba a ser mi padre. La creí las dos primeras veces. Después supe que no resultaría. Pero mi madre nunca dejó de creer. Y cada vez que se deprimía, quizá como usted esta noche, ¿sabe lo que hacía? Ponía sus discos y cantaba las canciones. Todos aquellos largos inviernos en aquella estrecha vivienda, se quedaba allí, con las piernas encogidas, con un vaso de cualquier cosa en la mano,

34

cantando en voz baja. Y a veces, de esto me acuerdo, señor Gardner, los vecinos de arriba daban patadas en el suelo, sobre todo cuando cantaba usted aquellas fabulosas canciones rápidas, como «High Hopes» o «They All Laughed». Yo observaba a mi madre, pero era como si no oyera nada más, sólo le oía a usted, siguiendo el ritmo con la cabeza, moviendo los labios para reproducir la letra. Señor Gardner, quería decírselo. Su música ayudó a mi madre a pasar aquellos años y seguramente ayudó a millones de personas. Y sería magnífico que también le ayudara a usted. –Reí ligeramente, para darme confianza, pero hice más ruido del que pretendía–. Puede contar conmigo esta noche, señor Gardner. Pondré en ello todo lo que llevo dentro. Lo haré tan bien como la mejor de las orquestas, ya lo verá. Y la señora Gardner nos oirá, ¿y quién sabe? Puede que las cosas vuelvan a normalizarse entre ustedes. Todas las parejas pasan por momentos difíciles.

El señor Gardner sonrió.

–Es usted un buen tipo. Le agradezco que me eche una mano esta noche. Pero no podemos seguir hablando. Lindy ha llegado ya. Hay luz en su habitación.

Estábamos ante un palazzo junto al que ya habíamos pasado por lo menos dos veces y entonces comprendí por qué Vittorio nos había tenido dando vueltas. El señor Gardner había estado pendiente de que se encendiera la luz en determinada ventana y, cada vez que la veía a oscuras, dábamos otra vuelta. En esta ocasión, sin embargo, la ventana del segundo piso estaba encendida, los postigos abiertos, y desde donde estábamos divisábamos un fragmento del techo, cruzado por oscuras vigas de madera. El señor Gardner hizo una seña a Vittorio, pero éste ya había dejado de remar y nos deslizamos lentamente hasta que la góndola quedó bajo la ventana.

El señor Gardner se puso en pie, otra vez haciendo escorar peligrosamente la góndola, y Vittorio dio un salto para estabilizarnos. El señor Gardner llamó a su mujer, casi en voz baja.

–¿Lindy? ¿Lindy? –Por último, gritó–: ¡Lindy!

Una mano empujó los postigos y apareció una figura en el estrecho balcón. En la pared del palazzo, un poco por encima de nosotros, había una farola, pero apenas iluminaba y la señora Gardner era poco más que una silueta. Pese a todo, advertí que no llevaba el mismo peinado de antes, se lo había arreglado, quizá para cenar.

–¿Eres tú, querido? –Se apoyó en la barandilla–. Ya creía que te habían secuestrado. Estaba al borde de un ataque de nervios.

–No seas tonta, cariño. ¿Qué podría ocurrir en una ciudad como ésta? Además, te dejé una nota.

–No he visto ninguna nota, querido.

–Pues te dejé una nota. Para que no te pusieras nerviosa.

–¿Dónde la dejaste? ¿Qué decía?

–No lo recuerdo, cariño. –El señor Gardner parecía irritado–. Era una nota normal y corriente. Ya sabes, de las que dicen he ido a comprar tabaco o algo parecido.

–¿Y eso es lo que haces ahí abajo? ¿Comprar tabaco?

–No, cariño. Es otra cosa. Voy a cantar para ti.

–¿Es una broma?

–No, cariño, no es una broma. Estamos en Venecia. Aquí la gente hace estas cosas. –Hizo un movimiento circular, para señalarnos a Vittorio y a mí, como si nuestra presencia demostrara su argumento.

–Querido, hace un poco de frío aquí fuera.

El señor Gardner dio un profundo suspiro.

–Escúchanos entonces desde dentro de la habitación. Vuelve a la habitación, cariño, ponte cómoda. Deja las ventanas abiertas para oírnos bien.

La mujer lo miró fijamente durante un rato y él le devolvió la mirada, sin que ninguno de los dos abriera la boca. La mujer entró en la habitación y el señor Gardner pareció desilusionarse, aunque la mujer se había limitado a seguir sus indicaciones. Abatió la cabeza con otro suspiro y me di cuenta de que dudaba si seguir adelante. Así que dije:

–Vamos, señor Gardner, manos a la obra. Interpretemos «By the Time I Get to Phoenix».

Hice un floreo suave, sin ritmo todavía, el típico rasgueo que lo mismo invita a seguir adelante que a abandonar. Procuré que sonara a cosa americana, bares de carretera tristes, autopistas largas y anchas, y creo que también pensé en mi madre, en cuando yo había entrado en la habitación y la había visto mirando fijamente la carátula de un disco en que había una

carretera americana, o quizá fuera el cantante, sentado en un coche americano. Lo que quiero decir es que
me esforcé por tocar de un modo que mi madre hubiera reconocido como procedente de aquel mismo
mundo, el mundo de la carátula de su disco.

Entonces, sin que me diera cuenta, y antes de co-
ger yo un ritmo estable, el señor Gardner se puso a
cantar. De pie en la góndola, su postura era muy ines-
table y tuve miedo de que en el momento más inespe-
rado perdiera el equilibrio. Pero su voz brotó tal como
la recordaba, suave, casi ronca, pero con mucho cuerpo, como si cantara con un micrófono invisible. Y, al
igual que los mejores cantantes americanos, cantaba
con un rastro de cansancio en la voz, incluso con un
punto de titubeo, como si no estuviera acostumbrado
a abrir su corazón de aquel modo. Así trabajan los
grandes.

Nos enfrascamos en la canción, abundante en des-
plazamientos y despedidas. Un americano abandona a
la mujer con la que está. Sigue pensando en ella mientras recorre ciudades, una por una, estrofa a estrofa,
Phoenix, Albuquerque, Oklahoma, un largo viaje que
mi madre nunca pudo emprender. Ojalá pudiéramos
alejarnos de las cosas con tanta facilidad; supongo que
es lo que mi madre habría pensado. Ojalá pudiéramos
alejarnos así de la tristeza.

Al terminar, el señor Gardner dijo:

–Vale, pasemos directamente a la siguiente, «I Fall
in Love Too Easily».

Como era la primera vez que tocaba con el señor
Gardner, tuve que adaptarme a él sobre la marcha,

pero nos salió bastante bien. Después de lo que me había contado sobre aquella canción, no aparté los ojos de la ventana en ningún momento, pero no hubo el menor signo de vida de la señora Gardner, ningún movimiento, ningún sonido, nada. Terminamos y quedamos en silencio y rodeados de oscuridad. Un vecino cercano abrió los postigos, quizá para oír mejor. Pero en la ventana de la señora Gardner, nada.

Atacamos «One for My Baby» muy quedos, prácticamente sin ritmo. Y después todo volvió a quedar en silencio. Seguimos mirando la ventana, hasta que por fin, tal vez al cabo de un minuto entero, lo oímos. Apenas se percibía, pero era inconfundible. La señora Gardner sollozaba.

–Lo conseguimos, señor Gardner –exclamé en voz baja–. Lo conseguimos. Hemos llegado a su corazón.

Pero el señor Gardner no parecía complacido. Cabeceó con cansancio, se sentó e hizo una seña a Vittorio.

–Da la vuelta y llévanos al otro lado. Ya es hora de volver.

Nos pusimos en marcha y me pareció que el señor Gardner evitaba mirarme, casi como si se avergonzara de lo que acabábamos de hacer, y empecé a recelar que todo aquel plan había sido una especie de broma malintencionada. Por lo que yo sabía, aquellas canciones estaban cargadas de connotaciones nefastas para la señora Gardner. Dejé la guitarra a un lado y tomé asiento, tal vez un poco mohíno, y así seguimos un rato.

Salimos a un canal más ancho e inmediatamente

nos cruzamos con un vaporetto que venía en sentido contrario y cuya estela zarandeó nuestra góndola. Estábamos ya muy cerca de la fachada principal del palazzo del señor Gardner y mientras Vittorio nos acercaba al muelle, dije:

–Señor Gardner, usted ha desempeñado un papel importante en mi educación. Y esta noche ha sido muy especial para mí. Si nos despidiéramos ahora y no volviéramos a vernos, sé que pasaría el resto de mi vida haciéndome preguntas. Le pido, pues, por favor, que me lo aclare, señor Gardner. ¿Lloraba la señora Gardner hace un momento porque se sentía feliz o porque estaba disgustada?

Pensé que no iba a responderme. En aquella semioscuridad, el hombre era simplemente un bulto encorvado en la proa. Pero mientras Vittorio amarraba la góndola, dijo:

–Supongo que le ha gustado oírme cantar así. Pero seguro que estaba disgustada. Los dos lo estamos. Veintisiete años es mucho tiempo y después de este viaje nos separaremos. Es nuestro último viaje juntos.

–Lamento mucho oír eso, señor Gardner –dije en voz baja–. Supongo que muchos matrimonios se terminan, incluso después de veintisiete años. Pero ustedes, por lo menos, son capaces de separarse así. Vacaciones en Venecia. Canciones en góndola. Pocas parejas se separan de un modo tan civilizado.

–¿Y por qué no íbamos a portarnos civilizadamente? Todavía nos queremos. Por eso lloraba. Porque todavía me quiere tanto como yo a ella.

Vittorio estaba ya en el embarcadero, pero el señor Gardner y yo seguimos sentados en la oscuridad. Esperaba que me contara más cosas y, efectivamente, al cabo de un momento prosiguió:

–Como ya le dije, me enamoré de ella en cuanto la vi. Pero ¿me correspondió entonces? Dudo que la pregunta le haya pasado alguna vez por la cabeza. Yo era una estrella y eso era lo único que le importaba. Yo era la materialización de sus sueños, lo que había planeado conquistar en aquel pequeño restaurante. Amarme o no amarme no estaba previsto. Pero veintisiete años de matrimonio pueden engendrar cosas curiosas. Mucha parejas se quieren desde el principio, luego se cansan y terminan odiándose. Pero a veces es al revés. Tardó unos años, pero poco a poco Lindy acabó queriéndome. Al principio no me atrevía a creerlo, pero con el tiempo ya no fue necesario creer. Un ligero roce en mi hombro cuando nos levantábamos de una mesa. Una sonrisa generosa desde el otro lado de la habitación cuando no había nada por lo que sonreír, sólo sus ganas de bromear. Apuesto a que se sintió tan sorprendida como la que más, pero eso es lo que ocurrió. Al cabo de cinco o seis años nos dimos cuenta de que nos sentíamos cómodos juntos. De que nos preocupábamos por nosotros, nos cuidábamos. Como ya he dicho, nos queríamos. Y nos seguimos queriendo.

–No lo entiendo, señor Gardner. ¿Por qué se separan entonces?

Dio otro suspiro de los suyos.

–¿Y cómo quiere entenderlo, amigo mío, siendo de donde es? Pero ha sido amable conmigo esta noche y trataré de explicárselo. La cuestión es que yo ya no soy la figura de primera línea que fui en otra época. Proteste todo lo que quiera, pero en el lugar de donde yo soy es un hecho consumado. Ya no soy una figura de primera línea. Ahora me toca aceptarlo y desaparecer. Vivir de las glorias pasadas. O puedo decir no, aún no estoy acabado. En otras palabras, amigo mío, podría regresar. Muchos lo han hecho, en mi situación y en situaciones peores. Pero los regresos son apuestas arriesgadas. Tienes que estar preparado para hacer muchos cambios y algunos son difíciles. Cambias tu forma de ser. Cambias incluso algunas cosas que amas.

–Señor Gardner, ¿me está diciendo que usted y la señora Gardner tienen que separarse porque usted prepara su regreso?

–Mire a los otros, a esos que vuelven bañados en éxito. Mire a los de mi generación que todavía están en pie. Absolutamente todos han vuelto a casarse. Dos veces, en ocasiones tres. Absolutamente todos tienen una esposa joven del brazo. Lindy y yo estamos a punto de convertirnos en el hazmerreír del público. Además, hay una damisela a la que le he echado el ojo y que me ha echado el ojo a mí. Lindy sabe lo que pasa. Lo sabe desde hace más tiempo que yo, quizá desde la época en que estaba en aquel restaurante, escuchando a Meg. Hemos hablado de esto. Comprende que ha llegado el momento de seguir por caminos separados.

–Sigo sin entenderlo, señor Gardner. El lugar de donde son ustedes no puede ser muy diferente de cualquier otro. Por eso, señor Gardner, por eso, las canciones que ha cantado usted durante todos estos años han tenido sentido para gente de todas partes. Incluso para gente de donde yo vivía. ¿Y qué dicen todas esas canciones? Si dos personas dejan de amarse y se tienen que separar, eso es triste. Pero si siguen queriéndose, deberían estar juntas para siempre. Eso es lo que dicen las canciones.

–Entiendo a qué se refiere, amigo. Y sé que puede parecerle desagradable. Pero las cosas son así. Y escuche, también es por Lindy. Es mejor para ella que hagamos esto ahora. Aún no ha empezado a envejecer. Ya la ha visto, todavía es una mujer hermosa. Necesita escapar, ahora que tiene tiempo. Tiempo para encontrar otro amor, para casarse otra vez. Tiene que escapar antes de que sea demasiado tarde.

No sé qué le habría respondido, porque entonces dijo por sorpresa:

–Su madre. Supongo que no escapó.

Medité aquello y dije con voz tranquila:

–No, señor Gardner. No escapó. No vivió lo suficiente para ver los cambios del país.

–Una lástima. Estoy seguro de que era una mujer estupenda. Si lo que dice es cierto, y mi música le sirvió para sentirse feliz, eso significa mucho para mí. Lástima que no escapara. No quiero que le pase eso a mi Lindy. No señor. A mi Lindy no. Quiero que mi Lindy escape.

La góndola golpeaba suavemente contra el muelle. Vittorio nos llamó en voz baja, alargando la mano, y a los pocos segundos el señor Gardner se puso en pie y bajó. Cuando puse los pies en el embarcadero, con la guitarra –no pensaba mendigar un paseo gratis a Vittorio–, el señor Gardner tenía la billetera en la mano.

Vittorio pareció contento con lo que recibió y, con la delicadeza que caracterizaba a sus expresiones y sus gestos, volvió a su góndola y se alejó por el canal.

Lo vimos desaparecer en la oscuridad y, cuando me di cuenta, el señor Gardner me estaba poniendo un montón de billetes en la mano. Le dije que era demasiado, que al fin y al cabo había sido un gran honor para mí, pero no quiso que le devolviera nada.

–No, no –dijo, agitando la mano delante de su cara, como si quisiera terminar, no sólo con lo del dinero, sino también conmigo, con la noche, quizá con aquella parte de su vida. Echó a andar hacia el palazzo, pero tras dar unos pasos se detuvo y se volvió para mirarme. La calle, el canal, todo estaba ya en silencio y sólo se oía a lo lejos el rumor de una televisión.

–Ha tocado bien esta noche, amigo –dijo–. Tiene un sonido delicioso.

–Gracias, señor Gardner. Y usted ha cantado de un modo magnífico. Como siempre.

–Puede que antes de irnos me acerque otra vez por la plaza. A oírle tocar con su grupo.

–Espero que sí, señor Gardner.

Pero no volví a verlo. Meses después, en otoño, me enteré de que se había divorciado de la señora Gardner: un camarero del Florian lo leyó no sé dónde y me lo contó. Me acordé de todo lo que había sucedido aquella noche y volver a pensar en aquello me entristeció un poco. Porque el señor Gardner me había parecido un tipo muy decente, y se mire como se mire, con regreso o sin regreso, siempre será uno de los grandes.

«Come Rain or Come Shine»

Al igual que a mí, a Emily le entusiasmaban las viejas canciones de Broadway. Sus preferidas eran las piezas rápidas, como «Cheek to Cheek» de Irving Berlin y «Begin the Beguine» de Cole Porter, mientras que yo me inclinaba por las baladas agridulces, «Here's That Rainy Day» o «It Never Entered My Mind». Pero teníamos muchos gustos en común y, en cualquier caso, en aquella época, en aquel campus universitario del sur de Inglaterra, era casi un milagro encontrar a alguien con quien compartir estas pasiones. Los jóvenes de hoy suelen oír toda clase de música. Mi sobrino, que empieza la universidad este otoño, está en la fase del tango argentino. También le gustan Edith Piaf y una serie de bandas «indie» de última hora. Pero en nuestra época los gustos no eran tan dispares. Mis compañeros de estudios podían dividirse en dos grandes grupos: los hippies de pelo largo y ropa holgada a quienes gustaba el «rock progre», y los pulcros trajeados que consideraban estruendo infernal todo lo que no fuera música clásica. De vez en cuando tropezabas con alguno que confesaba interesarse por el jazz, pero siempre de ese que llaman «crossover»: improvisaciones interminables sin ningún respeto por las canciones bellamente forjadas que servían de punto de partida.

Así que fue un alivio encontrar a otra persona, y chica además, que apreciara el gran repertorio de la canción americana. Al igual que yo, Emily coleccionaba vinilos con versiones vocales sensibles y sencillas de los clásicos; a menudo se encontraban a bajo precio en tiendas de objetos usados, desechados por la generación de nuestros padres. A ella le gustaban Sarah Vaughan y Chet Baker. Yo prefería a Julie London y Peggy Lee. Ninguno de los dos sentía debilidad por Sinatra ni por Ella Fitzgerald.

Emily vivió en la universidad aquel primer año y tenía un tocadiscos portátil en la habitación, un modelo que era muy corriente entonces. Parecía una sombrerera, con un solo altavoz incorporado y forrada por fuera con skay azul. Sólo cuando se levantaba la tapa se veía el plato. Producía un sonido muy primitivo, comparado con la media actual, pero recuerdo que pasábamos horas de felicidad agachados junto al aparato, interrumpiendo una pieza y bajando suavemente la aguja sobre otra. Nos gustaba oír versiones distintas de una misma canción, luego discutir sobre la letra o sobre la interpretación de los cantantes. ¿Realmente tenía que cantarse aquella estrofa con tanta ironía? ¿Cómo se cantaba mejor «Georgia In My Mind», como si Georgia fuera una mujer o como si fuera un territorio de Estados Unidos? Y nos relamíamos de gusto cuando encontrábamos una grabación –como la de Ray Charles cantando «Come Rain or Come Shine»– cuya letra era alegre, pero cuya interpretación desgarraba el alma.

El amor de Emily por aquellos discos era tan profundo que me quedaba atónito cada vez que me la encontraba hablando con otros estudiantes sobre algún grupo roquero con pretensiones o un inane cantautor californiano. A veces se ponía a discutir por un álbum «conceptual» como ella y yo habríamos podido hablar de Gershwin o de Harold Arlen, y entonces tenía que morderme la lengua para contener la irritación.

En aquella época era guapa y delgada, y si no hubiera conocido a Charlie en un momento tan temprano de su carrera, estoy convencido de que habría habido un batallón de hombres compitiendo por ella. Pero Emily no coqueteaba ni pendoneaba, de modo que en cuanto empezó a salir con Charlie, los demás pretendientes se alejaron.

–Es el único motivo por el que estoy con Charlie –me dijo una vez, totalmente seria, y se echó a reír al ver mi cara de asombro–. Es una broma, tonto. Charlie es mi amor, mi amor, mi amor.

Charlie era mi mejor amigo en la universidad. Durante aquel primer año estuvimos juntos todo el tiempo y así fue como acabé conociendo a Emily. Durante el segundo, Charlie y Emily encontraron un piso compartido en la ciudad, y aunque los visité con frecuencia, aquellas conversaciones con Emily alrededor de su tocadiscos pasaron a ser cosa de otros tiempos. Por ejemplo, cada vez que me acercaba al piso, había otros estudiantes también de visita, riendo y hablando, y ahora había un equipo estéreo de fábula que vomitaba música roquera y obligaba a hablar a gritos.

Charlie y yo hemos seguido siendo amigos íntimos con el paso de los años. Puede que no nos veamos tanto como antes, pero se debe sobre todo a las distancias. He pasado años aquí en España y también en Italia y Portugal, mientras que Charlie siempre ha vivido en Londres. Si da la sensación de que yo soy el trotamundos y él el hogareño, no deja de ser gracioso. Porque, en realidad, Charlie viaja continuamente –a Texas, Tokio, Nueva York– para asistir a sus reuniones de altos vuelos, mientras que yo estoy clavado en los mismos edificios húmedos, año tras año, preparando exámenes de ortografía o practicando las mismas conversaciones lentas para aprender el idioma. Yo-me-llamo-Ray. ¿Cómo-te-llamas-tú? ¿Tienes-hijos?

Cuando me puse a enseñar inglés al salir de la universidad, me pareció una ocupación interesante, como una prolongación de la universidad. Las escuelas de idiomas proliferaban en toda Europa y a esa edad no nos importa mucho que la enseñanza sea tediosa y el horario abusivo. Pasamos mucho tiempo en bares, hacemos amistades con facilidad y tenemos la sensación de formar parte de una amplia red que da la vuelta al mundo. Conocemos personas que hasta ayer mismo estaban trabajando en Perú o en Tailandia y tenemos la convicción de que, si quisiéramos, podríamos vagar por el mundo indefinidamente, sirviéndonos de nuestros contactos para encontrar empleo en cualquier remoto rincón que imaginemos. Y siempre formaríamos parte de una entrañable y amplia familia de profesores ambulantes, de copas con intercambio de anécdotas sobre antiguos colegas, de directores de academia psicóticos y excéntricos funcionarios del British Council.

A finales de los años ochenta se decía que se ganaba mucho dinero dando clases en Japón y pensé seriamente en ir, aunque al final quedó en nada. También pensé en ir a Brasil, incluso leí varios libros sobre su cultura y envié solicitudes. No sé por qué, pero nunca he llegado tan lejos. El sur de Italia, una breve temporada en Portugal y otra vez a España. Y cuando nos damos cuenta, tenemos cuarenta y siete años, y los compañeros de promoción hace tiempo que han sido reemplazados por una generación que cotillea de cosas diferentes, se droga con otros productos y oye distinta música.

En el ínterin, Charlie y Emily se habían casado e instalado en Londres. Charlie me dijo una vez que cuando tuvieran hijos yo sería el padrino de uno. Pero no pudo ser. Quiero decir que no tuvieron hijos y ahora supongo que es demasiado tarde. He de confesar que siempre me he sentido un poco decepcionado en esta cuestión. Puede que desde siempre fantaseara con que ser padrino de un hijo de ambos establecería un vínculo oficial, por tenue que fuera, entre su vida en Inglaterra y la mía aquí.

El caso es que a comienzos de aquel verano me fui a Londres para quedarme con ellos. Lo habíamos acordado con mucha antelación y cuando, para estar seguro, llamé un par de días antes, Charlie me dijo que los dos estaban «estupendamente bien». No tenía pues ningún motivo para esperar otra cosa que mimos y relajación, después de unos meses que no habían sido precisamente los mejores de mi vida.

En realidad, mientras salía de la estación de metro cercana a su casa aquel día soleado, pensaba en las posibles mejoras que tal vez hubiera habido en «mi» habitación desde mi última visita. Con el paso de los años casi siempre las había. Una vez fue un flamante artilugio electrónico que se quedó en un rincón; otra vez vi que la habían pintado y empapelado. En cualquier caso, y casi como axioma de partida, me tendrían preparada la habitación un poco como las preparan en los hoteles pijos: toallas ordenadas, una caja de galletas en la mesita de noche, una selección de compactos en la cómoda. Unos años antes, Charlie había entrado conmigo y con orgullo despreocupado se puso a accionar interruptores, y empezaron a encenderse y apagarse unas bombillas sutilmente escondidas: detrás de la cabecera, encima del armario ropero, etc. Otro interruptor produjo un zumbido y sobre las dos ventanas descendieron unas persianas graduables.

–Oye, Charlie, ¿para qué necesito las persianas? –le había preguntado–. Quiero ver el exterior cuando me levanto. Con las cortinas va que arde.

–Son persianas suizas –había dicho, como si aquello lo explicara todo.

Pero aquel verano me acompañó escaleras arriba, murmurando para sí, y cuando entramos en mi habitación comprendí que se estaba disculpando. Entonces vi la habitación como no la había visto hasta entonces. No había sábanas y el colchón estaba manchado y torcido. El suelo estaba lleno de revistas y periódicos, ropa sucia, un palo de hockey y un bafle volcado. Me detuve en la puerta y me quedé mirando el paisaje mientras Charlie hacía sitio para mi bolsa.

—Tienes cara de estar a punto de llamar al gerente —dijo con algún resentimiento.

—No, no. Es que no estoy acostumbrado a verla así.

—Parece una pocilga, ya lo sé. Una pocilga. —Tomó asiento en el colchón y suspiró—. Creía que las mujeres de la limpieza habrían puesto algo de orden. Pero salta a la vista que no. A saber por qué.

Parecía seriamente abatido, pero entonces se puso en pie como impulsado por un muelle.

—Mira, vamos a comer por ahí. Le dejaré una nota a Emily. Comeremos con calma y, cuando volvamos, tu habitación y todo el piso estarán en orden.

—Pero no puedes decirle a Emily que lo ordene todo.

—Bah, no lo hará ella. Llamará a los de la limpieza. Ella sabe cómo pincharles. Yo... yo ni siquiera tengo su teléfono. Comer, vamos a comer. Tres platos, botella de vino, todo.

Lo que Charlie llamaba piso era en realidad el dúplex que coronaba una finca de cuatro plantas, en una calle de postín pero con mucho movimiento. Nada más salir por la puerta principal nos encontramos en medio de una ola de peatones y tráfico. Pasamos por delante de tiendas y oficinas hasta que llegamos a un pequeño y elegante restaurante italiano. No habíamos reservado mesa, pero los camareros recibieron a Charlie como si fuera un amigo y nos condujeron a una. Al mirar a mi alrededor, vi que el establecimiento estaba lleno de individuos con aire de empresarios, con traje y corbata, y me alegré de que Charlie tuviera un aspecto tan desgreñado como yo. Debió de leerme el pensamiento, porque cuando nos sentamos dijo:

—Ah, qué provinciano eres, Ray. La verdad es que todo ha cambiado. Has estado fuera del país demasiado tiempo. —Y añadió en voz alarmantemente alta—: Nosotros somos los que tenemos aspecto de triunfadores. Todos los demás que ves aquí parecen cuadros intermedios. —Se inclinó hacia mí y dijo en voz más normal—: Oye, tenemos que hablar. Necesito que me hagas un favor.

Ya ni me acordaba de la última vez que me había pedido ayuda, pero asentí mecánicamente con la cabeza y esperé. Se entretuvo con el menú unos segundos y lo dejó en la mesa.

—La verdad es que Emily y yo estamos pasando un mala temporada. En realidad, nos evitamos desde hace unos días. Por eso no estaba en casa para recibirte. Mientras estés aquí, me temo que tendrás que repartirte entre los dos. Como en esas obras en que un mismo actor interpreta dos papeles. No podrás estar conmigo y con Emily en la misma habitación y al mismo tiempo. Un poco infantil, ¿no crees?

—Evidentemente, no he podido elegir peor momento para venir. Me iré después de comer. Me quedaré con mi tía Katie, que vive en Finchley.

—Pero ¿qué dices? No me has escuchado. Acabo de decírtelo. Quiero que me hagas un favor.

—Creí que era una forma de decirme que...

—No seas memo. Soy yo quien se va. Tengo que asistir a una reunión en Frankfurt, esta misma tarde he de tomar el avión. Volveré dentro de dos días, el jueves lo más tarde. Quédate mientras tanto. Pon las cosas en su sitio, haz que todo vuelva a la normalidad. Entonces vuelvo, digo «ya estoy aquí» con alegría, beso a mi querida esposa como no lo he hecho en estos dos últimos meses y reanudamos las relaciones.

En aquel momento llegó la camarera para tomar nota de lo que queríamos. Cuando se fue, Charlie parecía reacio a seguir hablando del asunto y me hizo preguntas sobre mi vida en España, y cada vez que le contaba algo, bueno o malo, esbozaba una sonrisa avinagrada y movía la cabeza, como si le estuviera confirmando las peores sospechas. En cierto momento quise decirle que habían mejorado mis dotes culinarias, que en navidades había preparado, prácticamente solo, un bufé para más de cuarenta estudiantes y profesores, pero me interrumpió, dejándome con la palabra en la boca.

—Mira —dijo—, tu situación no tiene salida. Tienes que presentar la dimisión. Pero antes has de conseguir el nuevo empleo. Utiliza de mensajero a ese portugués depresivo. Asegúrate el puesto de Madrid y luego deshazte del apartamento. Y ahora te diré lo que has de hacer. Primero.

Levantó la mano y se puso a contar dedos, uno por cada instrucción que me daba. Aún le faltaban dos dedos cuando llegó la comida y siguió hablando, sin hacerle caso. Luego, al empezar a comer, dijo:

—Sé que no vas a hacer nada de lo que te he dicho.

—No, no, todo me ha parecido muy sensato.

—Volverás y seguirás como hasta ahora. El año que viene volveremos a reunirnos aquí y te quejarás exactamente de lo mismo.

—Yo no me he quejado.

—Mira, Ray, los consejos de los demás tienen un límite. A partir de cierto momento, te toca a ti gobernar tu vida.

—Está bien, lo haré, te lo prometo. Pero hace un rato dijiste que me querías pedir un favor.

—Ah, sí. —Masticó con actitud meditabunda—. Si he de serte sincero, ha sido el verdadero motivo de mi invitación. Claro que me alegro de verte y todo eso. Pero lo principal es que quería que hicieras algo por mí. Al fin y al cabo, eres el amigo más antiguo que tengo, un amigo de toda la vida...

Y siguió comiendo. Entonces me di cuenta de que estaba llorando. Estiré el brazo para darle un apretón en el hombro, pero se limitó a llenarse la boca de pasta, sin mirarme siquiera. Al cabo de un minuto, volví a darle otro apretón, pero no surtió más efecto que el primero. Entonces llegó la camarera, sonriendo con simpatía, para preguntarnos por la comida. Le dijimos que todo era excelente. Cuando se fue, Charlie parecía un poco recuperado.

—Está bien, Ray, escucha. Lo que te pido es muy sencillo. Lo único que quiero es que estos días salgas con Emily, que seas un huésped complaciente. Sólo eso. Hasta que yo vuelva.

–¿Sólo eso? ¿Sólo me pides que cuide de ella mientras estás fuera?

–Eso es. Mejor dicho, que ella cuide de ti. El invitado eres tú. Te he preparado un pequeño plan. Entradas de teatro y cosas por el estilo. Volveré el jueves lo más tarde. Tu misión es ponerla de buen humor y que siga de buen humor. Para que cuando yo vuelva y diga: «Hola, cariño» y la abrace, ella responda: «Ah, hola, cariño, bienvenido a casa, ¿qué tal ha ido todo?», y me abrace a su vez. Y así reanudamos nuestra vida anterior. La que llevábamos antes de que empezara este horrible lío. Ésa es tu misión. Realmente sencilla.

–Haré lo que pueda con mucho gusto –dije–. Pero dime una cosa, Charlie, ¿estás seguro de que Emily está de humor para agasajar a los huéspedes? Es evidente que estáis atravesando una crisis. Y ella debe de estar tan fastidiada como tú. Si te soy sincero, no entiendo por qué me pediste que viniera en este preciso momento.

–¿Qué es eso de que no lo entiendes? Te lo pedí porque eres mi amigo más antiguo. Sí, es verdad, tengo muchos amigos. Pero, tratándose de esto, cuando lo medité a conciencia, me di cuenta de que eras el único que servía.

He de confesar que aquello me conmovió un poco. De todos modos, saltaba a la vista que allí había algo que no encajaba, algo que se estaba callando.

–Puedo entender que me invitaras a quedarme si los dos ibais a estar aquí –dije–. Tiene lógica pensar que resultaría. No os habláis, invitáis a un amigo como maniobra de distracción, os esforzáis por comportaros del mejor modo posible y se rompe el hielo. Pero así no resultará, porque no estarás aquí.

–Hazlo por mí, Ray. Yo creo que sí resultará. Emily siempre se alegra cuando te ve.

–¿Se alegra cuando me ve? Charlie, tú sabes que quiero ayudarte. Pero es posible que lo hayas enfocado mal. Porque yo tengo la impresión, te lo digo con toda franqueza, tengo la impresión de que Emily no se alegra cuando me ve, en absoluto, ni siquiera en la mejor de las ocasiones. Las últimas veces que he venido, había, bueno, había una antipatía manifiesta por su parte.

–Escucha, Ray. Confía en mí. Sé lo que me hago.

Cuando volví, Emily estaba ya en casa. Debo confesar que me quedé atónito al ver lo mucho que había envejecido. Ya no era sólo que hubiese engordado mucho desde mi última visita; su cara, antes dotada de elegancia natural, se había contraído como la de un bulldog y en su boca había un mohín de disgusto. Estaba sentada en el sofá de la sala, leyendo el *Financial Times*, y se levantó con desgana cuando entré.

–Me alegro de verte, Raymond –dijo, dándome un rápido beso en la mejilla y sentándose otra vez. Al ver su actitud, tuve ganas de barbotar una larga excusa por invadir la casa en un momento tan inoportuno. Pero antes de que pudiera abrir la boca, dio una palmada en el sofá, a su lado, y añadió–: Ven, Raymond, siéntate aquí y responde a unas preguntas. Quiero saber todo lo que haces.

Tomé asiento y empezó a interrogarme, más o menos como Charlie en el restaurante. Charlie, mientras tanto, preparaba el equipaje y entraba y salía de la habitación para recoger cosas. Me di cuenta de que evitaban mirarse, pero no parecían incómodos por estar en el mismo espacio, a pesar de lo que había dicho Charlie. Y aunque no se hablaban directamente, Charlie intervenía en la conversación como a distancia. Por ejemplo, mientras explicaba a Emily por qué me costaba tanto encontrar un compañero de piso que pagara una parte del alquiler, Charlie, que estaba en la cocina, dijo en voz alta:

–¡Ese sitio donde vive, no está preparado para dos personas! ¡Es sólo para una, para una que tenga más dinero del que tendrá él en toda su vida!

Emily no hizo ningún comentario a esto, pero sin duda asimiló la información, porque luego dijo:

–No deberías haberte metido en un piso así.

Aquel juego prosiguió por lo menos durante veinte minutos, con Charlie aportando ideas desde la escalera o cuando cruzaba la habitación, camino de la cocina, por lo general a gritos y refiriéndose a mí en tercera persona.

–Sinceramente, Raymond –dijo Emily en cierto momento–. Te dejas explotar como un esclavo por esa escuela de idiomas, permites que tu casero te desplume, ¿y qué haces tú? Cargar con una chica que es una cabeza hueca, tiene problemas con el alcohol y ni siquiera un trabajo para costeárselo. ¡Es como si deliberadamente trataras de fastidiar a quienes todavía se preocupan un poco por ti!

—¡Que no espere mucho de esa tribu, si quiere sobrevivir! —bramó Charlie en el pasillo. Por los ruidos que hacía, ya tenía fuera la maleta—. No pasa nada por comportarse como un adolescente diez años después de dejar de serlo. ¡Pero seguir erre que erre cuando se tienen casi cincuenta...!

—Sólo tengo cuarenta y siete.

—¿Qué quieres decir con que *sólo* tienes cuarenta y siete? —preguntó Emily con voz innecesariamente alta, ya que estaba sentado junto a ella—. *Sólo* cuarenta y siete. Ese «sólo», eso es lo que te destroza la vida, Raymond. Sólo, sólo, sólo. Sólo lo que está a mi alcance. Sólo cuarenta y siete. ¡Pronto tendrás sólo *sesenta* y siete, y sólo estarás dando puñeteras vueltas para encontrar un puñetero techo bajo el que cobijarte!

—¡Necesita mover el puñetero culo! —gritó Charlie al pie de la escalera—. ¡Ceñirse la faja para que se le hinchen bien los puñeteros huevos!

—Raymond —dijo Emily—, ¿nunca te has parado a preguntarte quién eres? Cuando piensas en todo tu potencial, ¿no te avergüenzas? ¡Fíjate en la vida que llevas! ¡Es... es que es cabreante! ¡Saca de quicio a cualquiera!

Charlie apareció en la puerta con el impermeable y durante un momento me gritaron a la vez cosas distintas. Hasta que Charlie dejó de gritar, anunció que se iba —como asqueado de mí— y desapareció.

Su partida puso punto final a la perorata de Emily. Yo aproveché la ocasión para levantarme.

—Disculpa. Voy a ayudar a Charlie con el equipaje.

—No necesito ninguna ayuda —dijo Charlie en el pasillo—. No llevo más que un bulto.

Pero me permitió ir con él hasta la calle y me confió la maleta cuando se acercó al bordillo de la acera para llamar un taxi. Al parecer no pasaba ninguno y se quedó medio asomado a la calzada, con cara de preocupación y el brazo levantado a medias.

Me acerqué a él.

—Charlie —dije—, no creo que resulte.

—¿Qué es lo que no resultará?

—Emily me detesta. Y eso que sólo me ha visto unos minutos. Imagina lo que será cuando pasen tres días. ¿Por qué demonios crees que cuando vuelvas habrá paz y armonía?

Pero mientras lo decía, me pasó algo por la cabeza y enmudecí. Al notar mi cambio de actitud, Charlie se volvió y me miró fijamente.

—Creo —dije por fin—, tengo una vaga idea de por qué tenía que ser yo y nadie más.

—Ajá. ¿Será posible que Ray vea la luz?

—Sí, puede que sí.

—Pero no importa. Lo que te pido que hagas sigue siendo lo mismo, exactamente lo mismo. —Volví a ver lágrimas en sus ojos—. ¿Te acuerdas de que Emily decía siempre que creía en mí? Lo dijo durante muchos años. Creo en ti, Charlie, puedes llegar a donde quieras, tienes verdadero talento. Lo estuvo diciendo hasta hace tres o cuatro años. ¿Tú sabes lo agotador que puede ser? No lo estaba haciendo mal. Lo hago muy bien. Perfecto. Pero se imaginó que estaba llamado a ser..., qué sé yo, presidente de este mundo de mierda, qué sé yo. Sólo soy un tío normal que hace las cosas bien. Pero ella no lo ve así. Ésa es la clave del asunto, la clave de todo lo que se ha estropeado.

Echó a andar por la acera con aire preocupado. Volví en busca de la maleta, la apoyé sobre las ruedas y tiré de ella. Aún había mucha gente en la calle y me costó alcanzarlo sin tropezar con otros peatones. Pero Charlie, ajeno a mis dificultades, no aflojó el paso.

–Emily piensa que me he estancado –decía–. Pero no es así. Las cosas me van estupendamente. Los horizontes infinitos están muy bien cuando eres joven. Pero en cuanto maduras, tienes que... tienes que tener alguna perspectiva. Es lo que pienso cada vez que se pone pesada con ese asunto. Perspectiva, necesita perspectiva. Y yo no paro de decirme: pero si lo estoy haciendo bien. Mira a tu alrededor, mira a toda esa gente, gente que conocemos. Fíjate en Ray. Fíjate en qué mierda se está convirtiendo su vida. Emily necesita perspectiva.

–Por eso me invitaste a venir. Para ser Don Perspectiva.

Charlie se detuvo por fin y me miró a los ojos.

–No me malinterpretes, Ray. No estoy diciendo que seas un fracasado ni nada parecido. Soy consciente de que no eres drogadicto ni un asesino. Pero en comparación conmigo, digámoslo sin rodeos, no pareces haber llegado muy arriba. Por eso te lo pido, por eso te pido que hagas esto por mí. Lo nuestro se muere, estoy desesperado, necesito tu ayuda. ¿Y qué te pido, por el amor de Dios? Sólo que seas tan bueno como eres realmente. Ni más ni menos. Hazlo por mí, Raymond. Por mí y por Emily. No todo ha terminado entre nosotros, sé que no. Sé tú mismo unos días, hasta que vuelva. No es mucho pedir, ¿verdad?

Respiré hondo y dije:

−Está bien, está bien, si crees que va a servir de algo. Pero ¿no se dará cuenta Emily, antes o después?

−¿Por qué tendría que darse cuenta? Sabe que tengo una reunión importante en Frankfurt. Para ella, todo es de lo más normal. Atenderá a un invitado y eso será todo. Le gusta hacerlo y tú le caes bien. Mira, un taxi. −Agitó la mano y, cuando el taxi se acercó a la acera, me dio un apretón en el brazo−. Gracias, Ray. Sé que conseguirás arreglar nuestra situación.

Cuando volví, la conducta de Emily había sufrido una transformación radical. Me invitó a entrar como habría podido invitar a un pariente viejo y achacoso. Había sonrisas de ánimo, amables apretones en el brazo. Cuando acepté tomar una taza de té, me llevó a la cocina, me sentó a la mesa y durante unos segundos se me quedó mirando con cara de preocupación. Al final dijo con dulzura:

−Perdona por haberme metido contigo antes, Raymond. No tengo ningún derecho a hablarte así. −Al alejarse para preparar el té, añadió−: Han pasado muchos años desde que fuimos juntos a la universidad. Siempre olvido ese detalle. Nunca se me habría ocurrido hablarle así a nadie. Pero tratándose de ti, bueno, supongo que te miro y es como entonces, como todos éramos entonces, y me olvido. Espero que no te lo hayas tomado en serio.

–No, no. No me lo he tomado en serio. –Yo seguía pensando en la conversación que acababa de tener con Charlie y probablemente di la impresión de estar distraído. Creo que Emily lo malinterpretó, porque me habló con más dulzura que antes.

–Siento haberte molestado. –Mientras hablaba ponía filas de galletas, con mucho cuidado, en un plato ancho que había delante de mí–. Pero la verdad es que en aquellos tiempos podíamos decirte prácticamente de todo, tú te limitabas a reír y nosotros nos reíamos, y todo quedaba como una broma. Ha sido una estupidez pensar que todavía podías ser como entonces.

–Bueno, en realidad soy más o menos como entonces. No me lo he tomado a mal.

–No me había dado cuenta –añadió, al parecer sin oírme– de lo diferente que eres ahora. Lo cerca del límite que debes de estar.

–Oye, Emily, en serio, no estoy tan mal...

–Supongo que la vida te ha dejado colgado. Pareces al borde del abismo. Un empujoncito y te rompes.

–Querrás decir que me caigo.

Había estado trasteando con la tetera, pero en aquel punto se volvió para mirarme.

–No, Raymond, no hables así. Ni en broma. No quiero que vuelvas a hablar así.

–No, me has entendido mal. Tú has dicho que me rompería, pero si estoy al borde del abismo, entonces me caigo, no me rompo.

—Ay, infeliz. —Seguía sin enterarse de lo que le decía—. Sólo eres una sombra del Raymond de entonces.

Me pareció más prudente no replicar esta vez y durante un minuto esperamos en silencio a que hirviera el agua. Llenó una taza para mí, ninguna para ella, y me la puso delante.

—Lo siento mucho, Ray, pero ahora tengo que volver al despacho. Hay dos reuniones a las que no puedo faltar por ningún concepto. Si hubiera sabido cómo estabas, no te abandonaría. Habría pospuesto los compromisos. Pero no lo he hecho y me esperan. Pobre Raymond. ¿Qué vas a hacer aquí, totalmente solo?

—Me lo pasaré genial. En serio. En realidad, estaba pensando en eso. ¿Por qué no preparo la cena mientras estás fuera? Tal vez te cueste creerlo, pero últimamente he aprendido bastante a cocinar. Por ejemplo, en Navidad organizamos un bufé...

—Qué bueno eres, siempre deseando ayudar. Pero creo que lo mejor es que descanses. Una cocina desconocida puede generar mucha tensión. Tú haz como si estuvieras en tu casa, te preparas un baño de hierbas, escuchas música... Ya me encargaré yo de la cena cuando vuelva.

—Pero no querrás preocuparte por la comida después de estar todo el día en la oficina.

—No, Ray, estás aquí para relajarte. —Sacó una tarjeta comercial y la dejó en la mesa—. Ahí están mi teléfono directo y mi móvil. Tengo que irme ya, pero llámame cuando quieras. Y recuerda, no hagas nada fatigoso mientras esté fuera.

Hace ya algún tiempo que me cuesta relajarme en mi propia casa. Si estoy solo, me pongo cada vez más nervioso, fastidiado por la idea de que me estoy perdiendo un encuentro crucial en otra parte. Pero si me quedo solo en casa ajena, a menudo me inunda una agradable sensación de paz. Me encanta hundirme en un sofá desconocido con cualquier libro que haya por allí. Y eso es exactamente lo que hice cuando se fue Emily. Por lo menos conseguí leer un par de capítulos de *Mansfield Park* antes de quedarme frito unos veinte minutos.

Cuando desperté, el sol vespertino entraba en la casa. Me levanté del sofá y me puse a curiosear un rato. Puede que el personal de limpieza hubiera estado allí mientras almorzábamos; o que hubiera limpiado la propia Emily; fuera como fuese, la amplia sala presentaba un aspecto inmaculado. Al margen de la limpieza y el orden, se había organizado con estilo, con muebles modernos de diseño y objetos de intención artística, aunque un observador poco amable habría dicho que todo era para impresionar. Miré los libros por encima y luego repasé la colección de discos. Casi todo era rock o clásica, pero al final, después de rebuscar, encontré perdida en la sombra una pequeña sección dedicada a Fred Astaire, Chet Baker y Sarah Vaughan. Me extrañó que Emily no hubiera reemplazado su preciada colección de vinilos por las ediciones en CD, pero no me entretuve con ellos y entré en la cocina.

Cuando abrí el segundo armario, en busca de galletas o de una barra de chocolate, vi un pequeño cuaderno de notas encima de la mesa. Las tapas eran acolchadas y de color morado, detalle por el que destacaba entre las elegantes superficies minimalistas de la cocina. Mientras yo me tomaba el té, Emily, con las prisas de última hora, había vaciado y llenado su bolso de mano en la mesa. Evidentemente, había olvidado guardar el cuaderno. Pero nada más pensarlo se me ocurrió otra cosa: que aquel cuaderno morado era una especie de diario íntimo y que Emily lo había dejado allí a propósito, para que yo le echara un vistazo; que, por la razón que fuese, no se había atrevido a hablarme con más franqueza y había concebido aquel medio para explicarme su conflicto interior.

Me quedé un rato mirando el cuaderno. Luego estiré la mano, introduje el índice entre las páginas, por el centro, y lo levanté. Al ver la apretada caligrafía de Emily, aparté el dedo instintivamente y me alejé de la mesa, diciéndome que no tenía derecho a meter la nariz allí, fueran cuales fuesen las intenciones de Emily en un momento de irracionalidad.

Volví a la sala, me instalé en el sofá y leí más páginas de *Mansfield Park*. Pero no pude concentrarme. No dejaba de pensar en el cuaderno morado. ¿Y si no había sido un acto impulsivo? ¿Y si llevaba varios días planeándolo? ¿Y si había escrito algo expresamente para que yo lo leyera?

Diez minutos más tarde volví a la cocina y estuve mirando el cuaderno otro rato. Al final me senté en la misma silla que había ocupado para tomar el té, acerqué el cuaderno arrastrándolo con el dedo y lo abrí.

De lo que me percaté inmediatamente es de que si Emily confiaba sus pensamientos más íntimos a un diario, ese diario estaba en otra parte. Lo que tenía delante era, a lo sumo, una agenda con acotaciones; debajo de cada día había comentarios, algunos con una clara vena grandilocuente. Una anotación hecha con rotulador decía: «Si todavía no he llamado a Mathilda, ¿¿¿POR QUÉ DIABLOS NO HE LLAMADO??? ¡¡¡LLAMA!!!»

Otra informaba: «Terminar el mierda de Philip Roth. ¡Devolver a Marion!»

Pasé las páginas y de repente vi: «Raymond llega lunes. Ay, ay de mí.»

Un par de páginas después: «Ray mañana. ¿Cómo sobrevivir?»

Por último, aquella misma mañana, entre recordatorios relativos a faenas domésticas: «Comprar vino para recibir al Príncipe de los Quejicas.»

¿Príncipe de los Quejicas? Me costó un poco admitir que se estaba refiriendo a mí. Probé con todas las demás posibilidades –¿un cliente?, ¿un fontanero?–, pero al final, habida cuenta de la fecha y el contexto, hube de aceptar que no había ningún otro candidato tan prometedor. Pero, de súbito, la evidente injusticia del título otorgado me afectó con fuerza inesperada y, cuando me di cuenta, estrujaba la insultante página entre los dedos.

No fue un acto particularmente agresivo: ni siquiera arranqué la página. Simplemente cerré la mano con un solo movimiento y un instante después era otra vez dueño de mí, aunque, como es lógico, ya era demasiado tarde. Al abrir la mano, vi que también las dos páginas de debajo habían sido víctimas de mi cólera. Quise alisar el papel con la mano, para que recuperasen la forma original, pero volvían a arrugarse, como si su deseo más profundo fuera transformarse en basura.

De todos modos, estuve un largo rato haciendo movimientos de planchado sobre las páginas dañadas. Estaba a punto de admitir que mis esfuerzos eran inútiles –que nada de lo que hiciera podría ocultar debidamente lo que había hecho– cuando me di cuenta de que en algún lugar de la casa sonaba un teléfono.

Opté por no hacer caso y seguí pensando en las consecuencias de lo que acababa de ocurrir. Pero entonces saltó el contestador automático y oí la voz de Charlie dejando un mensaje. Puede que intuyera allí una cuerda de salvación, puede que sólo quisiera confiarme a alguien, la cuestión es que entré corriendo en la sala y descolgué el aparato, que estaba sobre el cristal de la mesa de centro.

–Ah, estás ahí. –Charlie parecía un poco enfadado por mi interrupción.

–Escucha, Charlie. Acabo de cometer una estupidez.

–Estoy en el aeropuerto –dijo–. El vuelo se ha retrasado. Quiero hablar con el servicio de automóviles que me ha de recoger en Frankfurt, pero no tengo el teléfono. Búscalo y dámelo.

Me dio instrucciones para localizar la guía, pero le interrumpí diciendo:

—Escucha, he cometido una estupidez. No sé qué hacer.

Reinó el silencio durante unos segundos.

—Puede que tengas sospechas, Ray. Puede que pienses que hay alguien más. Que me voy para verla. Se me ocurrió que podías estar pensando en eso. Al fin y al cabo explicaría todo lo que has visto. Cómo se comportó Emily cuando me fui, todo eso. Pero te equivocas.

—Sí, entiendo a qué te refieres. Pero escucha, es que hay algo que tengo que contarte...

—Admítelo, Ray. Estás equivocado. No hay otra mujer. Me voy a Frankfurt para asistir a una reunión donde se hablará de trasladar nuestra agencia a Polonia. Allí es adonde voy.

—Vale, te he entendido.

—Nunca ha habido otra mujer en este asunto. No miraría a ninguna otra, por lo menos con intención seria. Ésa es la verdad. ¡Es la puta verdad y no hay nada más en esto!

Había levantado la voz, aunque posiblemente fuera por el ruido que debía de haber en el vestíbulo de embarque. Cuando se calló, escuché con atención para detectar si estaba llorando otra vez, pero sólo oí ruidos de aeropuerto. Entonces prosiguió:

—Sé lo que piensas. Piensas: vale, no hay otra mujer. Pero ¿hay otro *hombre?* Vamos, confiésalo, piensas eso, ¿no? Adelante, ¡dilo!

—La verdad es que no. Jamás se me habría ocurrido que pudieras ser gay. Ni siquiera aquella vez, después de los exámenes finales, cuando bebiste como una esponja y quisiste...

–¡Cierra el pico, so estúpido! ¡Otro hombre, un hombre Amante de Emily! Amante de Emily, ¿existirá este personaje de mierda? Eso es lo que quiero decir. Y la respuesta, en mi opinión, es que no, que no, que no. Después de todos estos años, sé interpretar muy bien los signos de Emily. El problema es que, precisamente porque la conozco bien, creo que hay algo más. Sé que ha empezado a pensar en eso. Así es, Ray, se está fijando en otros tíos. ¡Tíos como el mierda de David Corey!

–¿Quién es ése?

–El mierda de David Corey es un abogado zalamero e imbécil al que le ha ido estupendamente bien en la vida. Sé exactamente lo bien que le ha ido porque ella me lo cuenta con pormenores insoportables.

–¿Crees... crees que se ven?

–¡No, ya te lo he dicho! ¡No hay nada! Todavía. En cualquier caso, el mierda de David Corey no le daría ni la hora. Está casado con una criatura fascinante que trabaja en el grupo Condé Nast.

–Entonces estás a salvo...

–No estoy a salvo, porque también hay que contar con Michael Addison. Y con Roger Van Den Berg, que está subiendo como la espuma en Merrill Lynch y todos los años consigue un hueco en el Foro Económico Mundial...

–Charlie, por favor, escúchame. Aquí tengo otro problema. Secundario según los baremos que apliques, lo admito. Pero problema al fin y al cabo. Escúchame, por favor.

Al final conseguí explicarle lo sucedido. Se lo conté con toda la sinceridad que pude, aunque quizá fui indulgente con lo de pensar que Emily hubiera podido dejar un mensaje confidencial para mí.

—Sé que fue una estupidez —dije al terminar—. Pero es que lo dejó allí mismo, encima de la mesa de la cocina.

—Sí. —Charlie parecía ahora más tranquilo—. Sí. Creo que ahí te has pasado.

Se echó a reír. Estimulado por su ejemplo, yo también reí.

—Supongo que exagero —dije—. Después de todo, no es un diario personal ni nada parecido. Sólo es una agenda...

Dejé de hablar porque Charlie seguía riendo, con un timbre histérico en la garganta. Cuando dejó de reír, dijo con voz terminante:

—Si se entera, te cortará las pelotas. —Se produjo una breve pausa durante la que presté atención a los ruidos del aeropuerto. Entonces prosiguió—: Hace cosa de seis años, también yo abrí esa agenda, o la que tuviera aquel año. Fue por casualidad, yo estaba sentado en la cocina y ella preparaba algo de comer. Ya sabes cómo son estas cosas, le estaba hablando y sin darme cuenta la hojeé mecánicamente. Ella se dio cuenta en el acto y me dijo que no le hacía gracia. Fue entonces cuando me dijo que me cortaría las pelotas. Empuñaba un rodillo de amasar y le dije que difícilmente podría cumplir su amenaza con él. Y entonces respondió que el rodillo era para después. Para lo que pensaba hacer con las pelotas después de cortarlas.

Al fondo oí que se anunciaba un vuelo.

—Entonces, ¿qué me sugieres que haga? —pregunté.

—¿Y qué puedes hacer? Pues planchar las páginas. Puede que no lo note.

—Ya lo he intentado y no funciona. No hay forma de impedir que lo note.

—Escucha, Ray, tengo muchas cosas en la cabeza. Lo que trato de decirte es que esos hombres con los que sueña Emily no son en realidad amantes potenciales. Son únicamente figuras a las que considera maravillosas porque cree que han conseguido mucho. No ve sus defectos. Su... desnuda *brutalidad*. En cualquier caso, son personajes demasiado complejos para ella. Y la cuestión es, y esto es lo lamentablemente triste e irónico del asunto, la cuestión es que, en el fondo, Emily me quiere. Me quiere todavía. Lo sé, lo sé.

—Entonces, no me das ningún consejo.

—¡No! ¡No tengo ningún maldito consejo! —Otra vez gritaba a pleno pulmón—. ¡Resuélvelo tú! Quédate en tu avión y yo subiré al mío. ¡Ya veremos cuál se estrella!

Y colgó. Me dejé caer en el sofá y respiré hondo. Me decía que no tenía que sacar las cosas de quicio, pero sentía en el estómago un nudo de miedo y náusea que no me abandonaba. Por la cabeza me corrían varias ideas. Una solución era huir de la casa, romper el contacto con Charlie y con Emily durante unos años, trascurridos los cuales les enviaría una carta cautelosa, cuidadosamente redactada. A pesar de la situación desestimé el plan por ser un poco desesperado. Mejor cara tenía el otro plan, consistente en dar cuenta de las botellas del mueble bar, para que Emily me encontrara lastimosamente borracho cuando volviera. Así podría aducir que, en un momento de delirio alcohólico, había hojeado la agenda y me había peleado con sus páginas. Más aún, dominado por mi irracionalidad etílica, podía incluso adoptar el papel de parte ofendida, gritándole, señalándola con el dedo, diciéndole lo mucho que me habían herido aquellas palabras suyas, palabras de una persona con cuyo afecto y amistad había contado siempre y cuyo recuerdo me había ayudado a seguir en pie en los momentos más negros que había pasado en los países más extraños y remotos. Aunque este plan presentaba aspectos que lo hacían recomendable desde el punto de vista práctico, intuía en él la presencia de algo –algo muy próximo al fondo de todo el asunto, algo que no me había preocupado de analizar detenidamente– que lo hacía inviable en mi caso.

Al cabo del rato sonó el teléfono y volví a oír la voz de Charlie. Cuando me puse al habla, parecía mucho más tranquilo que antes.

–Ya estoy en la puerta de embarque –dijo–. Perdona si antes me puse un poco nervioso. Los aeropuertos me ponen siempre así. No me tranquilizo hasta que estoy en la puerta. Escucha, Ray, se me ha ocurrido una cosa. En relación con nuestra estrategia.

–¿Nuestra estrategia?

–Sí, nuestra estrategia general. Obviamente, te habrás dado cuenta de que no es momento de disfrazar la verdad para presentarte bajo una luz más favorable. No es en absoluto el momento de la pequeña mentira blanca que te engrandece. No, no. Seguramente recuerdas, ¿verdad que sí?, por qué te dieron ese trabajo en su día. Mira, Ray, cuento con que te muestres ante Emily tal como eres. Mientras lo hagas, nuestra estrategia irá por buen camino.

—Oye, difícilmente podría decirse que aquí voy camino de ser el gran héroe de Emily...

—Sí, has entendido bien la situación y te lo agradezco. Pero es que se me ha ocurrido algo. Hay una cosa en tu repertorio, una cosa que no servirá aquí. Verás, Ray, es que tiene metido en la cabeza que tienes buen gusto musical.

—Ah...

—Las únicas veces que *te* evoca para menospreciarme es en este apartado del gusto musical. Es el único aspecto en el que no eres totalmente perfecto para tu misión actual. Así pues, Ray, tienes que prometerme que no hablarás de ese tema.

—Ah, por el amor de Dios...

—Hazlo por mí, Ray. No es pedir mucho. Sólo te pido que no te pongas a hablar de esa... esa música nostálgica y empalagosa que le gusta a ella. Y si es ella quien la trae a colación, hazte el tonto. Es lo único que te pido. En lo demás, sé todo lo natural que sueles ser. Puedo contar contigo, ¿verdad, Ray?

—Bueno, supongo que sí. De todos modos, estamos en una pura especulación. No me veo yo charlando informalmente con ella esta noche.

—¡Estupendo! Entonces, estamos de acuerdo. Pasemos ahora a tu pequeño problema. Te alegrará saber que he pensado un poco en él. Y que he dado con una solución. ¿Me escuchas?

—Sí, te escucho.

—Hay una pareja que suele visitarnos. Angela y Solly. Son buena gente, pero si no fueran vecinos, no tendríamos nada que ver con ellos. El caso es que suelen visitarnos. Ya sabes, se presentan sin avisar y con ganas de quedarse a tomar un té. Pues ahí está la clave. Se presentan a distintas horas del día, cuando sacan a Hendrix a pasear.

—¿A Hendrix?

—Un terranova apestoso, incontrolable y posiblemente homicida. Para Angela y Solly, ese sucio animal es el hijo que no tuvieron. O el que no han tenido todavía, porque creo que aún son jóvenes. Pero no, ellos prefieren al querido, querido Hendrix. Y cuando aparecen, el querido Hendrix, por norma, se pone a demoler el lugar con la determinación de un desvalijador resentido con el mundo. Cae la lámpara de pie. Oh, querido, no te preocupes, querido, ¿te has asustado? Lo captas, ¿no? Pues escucha. Hace aproximadamente un año, teníamos un libro de mesa de centro, nos costó una fortuna, estaba lleno de fotos artísticas de jóvenes homosexuales de las kasbas del norte de África. A Emily le gustaba tenerlo abierto por una foto concreta, pensaba que hacía juego con el sofá. Se ponía furiosa si pasabas la página. El caso es que, hace aproximadamente un año, llegó Hendrix y se lo comió. Es cierto, hundió los colmillos en la foto satinada de arriba y se comió alrededor de veinte páginas, hasta que mamaíta lo convenció de que desistiera. Imagino que entiendes por qué te lo cuento, ¿no?

–Sí. O sea, entiendo que es una vía de escape, pero...

–Muy bien, paso a detallártelo. Esto es lo que le dirás a Emily. Llamaron a la puerta, abriste, entra la pareja con Hendrix tirando de la correa. Te dicen que son Angela y Solly, buenos amigos en busca de un té. Los dejas pasar, Hendrix corretea como loco, muerde la agenda. A mí me parece muy convincente. ¿Qué pasa? ¿Por qué no me das las gracias? ¿Es poco elegante para su señoría?

–Te estoy muy agradecido, Charlie. Es que estaba pensando, era sólo eso. Pero imagínate que esos dos se presentan de verdad. Quiero decir cuando Emily ya esté en casa.

–Cabe la posibilidad, supongo. Lo único que se me ocurre es que tendrías una suerte pésima si ocurriera una cosa así. Cuando te dije que nos visitaban con frecuencia, quise decir una vez al mes a lo sumo. Así que deja de buscar pegas y dame las gracias.

–Pero, Charlie, ¿no crees un poco traído por los pelos que el perro muerda precisamente la agenda y exactamente esas páginas?

Le oí suspirar.

–Suponía que no ibas a necesitar el resto de los detalles. Naturalmente, tendrás que revolver un poco la casa. Volcar la lámpara de pie, derramar azúcar en el suelo de la cocina. Tienes que hacer que parezca que ha sido Hendrix. Oye, anuncian mi vuelo. Tengo que colgar. Volveré a llamarte cuando esté en Alemania.

Mientras le escuchaba sentí algo parecido a lo que siento cuando alguien me cuenta una pequeña ambición que tiene o las circunstancias que produjeron la abolladura de la portezuela de su coche. El plan era perfecto –ingenioso incluso–, pero no entendía qué relación podía tener con nada que yo pudiera decir o hacer cuando llegara Emily, y mi paciencia empezaba a resentirse. Pero cuando Charlie colgó, me di cuenta de que su llamada me había sentado como una sesión de hipnotismo. Mientras mi cabeza rechazaba la idea por idiota, mis extremidades se preparaban para poner en práctica aquella «solución».

Empecé poniendo en el suelo la lámpara de pie, sin darle ningún golpe; antes quité la pantalla y volví a colocarla torcida cuando tuve lo demás en el suelo. Luego cogí un florero que había en un estante de libros y lo dejé en el suelo, esparciendo las hierbas secas que contenía. A continuación elegí un buen lugar, cercano a la mesa de centro, para «derribar» la papelera. Ejecutaba la labor de un modo extraño e irreal. No creía que aquello sirviera para nada, pero intentarlo me tranquilizó un poco. Entonces recordé que todo aquel vandalismo tenía que relacionarse con la agenda y me dirigí a la cocina.

Tras meditar un poco, bajé un azucarero de un armario, lo puse en la mesa, cerca de la agenda morada, y lo volqué poco a poco hasta que se salió el azúcar. Me costó impedir que el azucarero rodara por la mesa y cayese al suelo, pero al final conseguí inmovilizarlo. El corrosivo pánico de antes se había evaporado ya. No estaba exactamente tranquilo, pero ahora me parecía una imbecilidad haberme alterado tanto.

Volví a la sala, me recosté en el sofá y cogí el libro

de Jane Austen. A los pocos renglones se apoderó de mí un cansancio invencible y, sin darme cuenta, volví a quedarme dormido.

Me despertó el teléfono. Cuando oí por el contestador automático que era Emily, me incorporé y respondí.

–Ah, qué bien, Raymond, estás ahí. ¿Cómo te encuentras, querido? ¿Cómo te sientes ahora? ¿Has conseguido relajarte?

Le aseguré que sí, que en realidad me había quedado dormido.

–Ay, cuánto lo siento. Seguramente hace semanas que no duermes bien y ahora, cuando por fin consigues un momento de paz, voy yo y te fastidio. Te pido disculpas, Ray. Y también te pido disculpas porque voy a defraudarte. Aquí estamos en medio de una crisis espantosa y no podré volver a casa a la hora que había planeado. En realidad, tardaré una hora más por lo menos. ¿Podrás apañarte?

Le repetí que me sentía muy relajado y muy contento.

–Sí, por tu voz, ahora pareces realmente equilibrado. Lo siento mucho, Raymond, pero tengo que irme para solucionar esto. Ponte cómodo y haz como si estuvieras en tu casa. Hasta luego, querido.

Colgué el auricular y estiré los brazos. El día empezaba a declinar y anduve por la casa encendiendo luces. Me quedé contemplando el estropicio de la sala; cuanto más lo miraba, más artificial me parecía. Co-

81

mencé a sentir otra vez los dientes del pánico en el estómago.

Volvió a sonar el teléfono. Esta vez era Charlie. Me dijo que estaba en Frankfurt, en la recogida de equipajes.

—Tardan un siglo los cabrones. Aún no ha salido ni una maleta. ¿Qué tal te apañas por ahí? ¿Aún no ha vuelto la jefa?

—No, aún no. Oye, Charlie, ese plan tuyo. No va a resultar.

—¿Qué significa que no va a resultar? No me digas que has estado todo el tiempo girando los pulgares y meditando.

—He hecho lo que me sugeriste. He puesto la casa patas arriba, pero no parece convincente. No tiene el aspecto que tendría si hubiera entrado realmente un perro. Parece más bien una exposición de esculturas.

Guardó silencio un momento, tal vez concentrado en la cinta giratoria de las maletas.

—Entiendo tu problema —dijo—. Estás en casa de otras personas. Es inevitable que te sientas cohibido. Así que escucha. Voy a enumerarte una serie de objetos que me gustaría ver rotos. ¿Me escuchas, Ray? *Quiero* que machaques lo siguiente. La idiotez esa que parece un buey de porcelana. Está junto al equipo de música. Es un regalo del mierda de David Corey, de cuando estuvo en Lagos. Podrías empezar por pulverizar eso. En realidad, no me importa que lo destroces. ¡Destrúyelo todo!

—Charlie, creo que necesitas tranquilizarte.

—Vale, vale. Pero la casa está llena de trastos. Como

nuestro matrimonio en este momento. Trastos viejos y polvorientos. Ese sofá rojo y mullido, ¿sabes a cuál me refiero, Ray?

–Sí. He estado durmiendo en él.

–Hace siglos que debería haberlo tirado a un contenedor. Podrías desgarrar el tapizado y esparcir el relleno.

–Charlie, te va a dar un ataque. ¿Sabes lo que pienso? Que no me quieres ayudar. Me estás utilizando para exteriorizar tu ira y tu frustración...

–¡Venga, déjate de chorradas! Claro que quiero ayudarte. Y claro que mi plan es bueno. Te garantizo que resultará. Emily detesta a ese perro, detesta a Angela y a Solly, y aprovechará cualquier oportunidad para detestarlos más aún. Escucha. –El volumen de su voz bajó al nivel del susurro–. Te voy a dar el gran consejo. El elemento secreto que la convencerá. Debería haberme acordado antes. ¿Cuánto tiempo tienes?

–Una hora aproximadamente...

–Estupendo. Escúchame con atención. El olor. Ahí está la clave. Haz que la casa huela a perro. En cuanto cruce la puerta, Emily lo captará, aunque sólo sea a nivel subliminal. Entrará en la casa, verá el buey de porcelana del querido David hecho añicos en el suelo, la paja del sofá rojo por todas partes...

–Oye, oye, yo no he dicho que vaya a...

–Escucha y espera. Verá el estropicio e inmediatamente, de manera consciente o inconsciente, lo relacionará con el olor a perro. Por su cabeza pasará espontáneamente una escena muy gráfica con Hendrix en acción, incluso antes de que le digas nada. ¡Ahí está lo bueno!

–No te vayas por las ramas, Charlie. Explícame qué hago para que la casa apeste a perro.

–Sé muy bien cómo fabricar olor a perro. –Su voz seguía siendo un susurro nervioso–. Sé exactamente cómo se fabrica, porque Tony Barton y yo lo fabricábamos cuando estábamos en el bachillerato. Tony tenía una receta, pero yo la perfeccioné.

–¿Por qué?

–¿Por qué? Porque olía más a col hervida que a perro, por eso.

–No. Quiero decir que por qué queríais... Bueno, no importa. Explícamelo si quieres, siempre que no me obligues a salir a comprar un juego de química.

–Estupendo. Ya puedes ponerte a ello. Busca un lápiz y escribe. Ah, ya viene. –Debió de meterse el móvil en el bolsillo, porque durante unos momentos oí ruidos amortiguados. Al final volví a oír su voz–: Tengo que irme ya. Toma nota. ¿Estás preparado? El cazo. Seguramente estará en la cocina. Pon medio litro de agua. Échale dos cubitos de concentrado de carne, una cucharadita de comino, una cucharada de pimienta, dos cucharadas de vinagre, una ración generosa de hojas de laurel. ¿Lo tienes? Luego pones encima un zapato o una bota de cuero, boca abajo, que la suela no quede sumergida en el líquido. De ese modo se mata el posible olor a caucho quemado. Entonces enciendes el gas. Llevas el mejunje a ebullición y dejas que hierva a fuego lento. Notarás el olor muy pronto. No es insoportable. En la receta original de Tony Barton figuraban caracoles de jardín, pero la mía es más sutil. Huele a perro sucio. Ya sé, ya sé, vas a preguntarme dónde puedes encontrar esos ingredientes. Todas las hierbas y especias están en los armarios de la cocina. Si miras en el armario de la planta baja, encontrarás unas botas viejas. No te confundas con las botas de agua. Me refiero a las rotas, las que parecen zapatos con alza. Me las ponía para ir al campo. Ya no dan más de sí y están esperando que les den el pasaporte. Elige cualquiera de las dos. Vamos, ¿qué ocurre, Ray? Tú haz lo que te digo, ¿estamos? Es tu salvación. Porque cuando Emily se enfada, no hay que andarse con bromas, te lo digo yo. Ah, y recuérdalo, nada de exhibir tus maravillosos conocimientos musicales.

Puede que fuera sencillamente el efecto de recibir una serie de instrucciones claras, aunque dudosas, pero cuando colgué me sentía decidido y práctico. Veía con claridad meridiana lo que tenía que hacer. Fui a la cocina y encendí la luz. Efectivamente, el cazo estaba en un hornillo de la cocina, aguardando su siguiente misión. Lo llené de agua hasta la mitad y volví a ponerlo sobre el hornillo. Mientras realizaba estas operaciones me di cuenta de que había que determinar otra cosa antes de proseguir: a saber, la cantidad exacta de tiempo que tenía para completar mi obra. Volví a la sala, fui al teléfono y llamé al trabajo de Emily.

Se puso su ayudante, que me dijo que Emily estaba en una reunión. Insistí, con una voz que compensaba la cordialidad con la resolución, para que la llamara a pesar de todo, «si es que está realmente en una reunión». Emily se puso en el acto.

–¿Qué hay, Raymond? ¿Qué ha pasado?

—No ha pasado nada. Sólo te llamo para saber cómo estás.

—Ray, te noto raro. ¿Qué ocurre?

—¿Qué quieres decir con eso de que me notas raro? Yo sólo te llamaba para concretar la hora de tu vuelta. Sé que me consideras un vago, pero aún reconozco el valor de la puntualidad.

—Raymond, no hace falta que te lo tomes así. Déjame pensar. Tardaré otra hora..., quizá hora y media. Lo siento muchísimo, pero es que estamos en medio de una crisis espantosa...

—Entre una hora y noventa minutos. Está bien. Es todo lo que necesito saber. Así que nos veremos entonces. Ya puedes volver a tu trabajo.

Es posible que tuviera ganas de hacerme alguna observación, pero colgué y volví a la cocina, decidido a que no desapareciera aquel talante práctico. En realidad, empezaba a animarme y no entendía que momentos antes me hubiera dejado vencer por el desaliento. Registré los armarios y puse en la encimera, en una fila ordenada, las hierbas y especias que necesitaba. Las fui echando en el agua, las removí y fui en busca de la bota.

En el armario de la planta baja había todo un muestrario de calzado que daba pena. Me puse a rebuscar y encontré una bota que inequívocamente pertenecía al par indicado por Charlie: un espécimen particularmente reventado y con pegotes de barro milenario en el borde del tacón. La levanté con la punta de los dedos, volví a la cocina con ella y la puse cuidadosamente en el agua con la suela mirando al techo.

Encendí el gas debajo del cazo, me senté y esperé a que hirviera el agua. Me sentí reacio a abandonar el cazo cuando oí que volvía a sonar el teléfono, pero al distinguir la voz de Charlie en el contestador, puse la llama a fuego lento y fui a responder.

–¿Qué decías? –pregunté–. Me ha parecido que te quejabas, pero estaba ocupado y no te he entendido.

–Estoy en el hotel. Sólo es de tres estrellas. Tienen una cara dura increíble. ¡Una gran compañía como ésa! ¡Y la habitación también es una mierda!

–Pero estarás sólo un par de noches...

–Mira, Ray, hay algo en lo que no he sido totalmente sincero antes. No sería justo tratándose de ti. Al fin y al cabo, me estás haciendo un favor, te esfuerzas por ayudarme, tratas de arreglar las cosas con Emily, y sin embargo aquí me tienes, pecando de falta de sinceridad contigo.

–Si te refieres a la receta para el olor a perro, ya es demasiado tarde. Se está cociendo todo. Supongo que podría añadir más hierbas o cualquier otra cosa...

–Si antes no fui franco contigo es porque tampoco lo era conmigo mismo. Pero ahora que estoy lejos veo las cosas con más claridad. Escucha, Ray, te dije que no había nadie más, pero eso no es rigurosamente cierto. Hay una chica. Sí, es una chica, treinta y tantos a lo sumo. Está muy preocupada por la educación en los países de economía emergente y por un comercio global más justo. En realidad no fue atracción sexual, eso fue una especie de efecto secundario. Fue la pureza de su idealismo. Me recordó lo que todos fuimos en otro tiempo. ¿Tú lo recuerdas, Ray?

—Perdona, Charlie, pero no recuerdo que fueras especialmente idealista. En realidad, siempre fuiste un hedonista y un egoísta redomado.

—Está bien, puede que todos fuéramos unos zánganos decadentes por entonces, todos nosotros. Pero en mi interior ha habitado siempre otra personalidad, deseosa de salir a la superficie. Eso es lo que me atrajo de ella.

—Charlie, ¿cuándo fue? ¿Cuándo sucedió?

—¿El qué?

—La aventura.

—¡No hay ninguna aventura! No he tenido relaciones sexuales con ella, no he tenido nada. Ni siquiera hemos comido juntos. Es sólo que... que quería seguir viéndola.

—¿Y eso qué quiere decir? —Mientras hablaba, había vuelto a la cocina para vigilar la pócima.

—Pues que quería seguir viéndola —dijo—. Seguir concertando citas para verla.

—O sea que es una prostituta telefónica.

—No, no, ya te he dicho que no hemos tenido relaciones sexuales. No. Es dentista. Iba a su consulta, inventaba cosas para quejarme de un dolor aquí, una molestia en las encías allá. Le saqué todo el partido posible. Como es natural, Emily acabó adivinándolo. —Durante un segundo me pareció que Charlie ahogaba un sollozo. Entonces reventó la presa—. Lo descubrió..., lo descubrió... ¡y todo porque usaba demasiado el hilo dental! —Hablaba ya medio gritando—. Me dijo: ¡nunca, nunca en la vida has gastado tanto hilo dental!

—Pero eso es absurdo. Si te cuidas más los dientes, tienes menos motivos para volver a la consulta...

—¿A quién le importa que sea absurdo? ¡Yo sólo quería complacerla!

—Escucha, Charlie, no has salido con ella, no te has acostado con ella, ¿dónde está el problema?

—El problema es que yo ansiaba conocer a alguien así, capaz de sacar a mi otro yo, que permanecía atrapado en mi interior...

—Charlie, préstame atención. Desde la última vez que hablamos me he sosegado mucho. Y hablando con franqueza, creo que también tú deberías sosegarte. Podemos hablar de todo esto cuando vuelvas. Pero Emily aparecerá dentro de una hora aproximadamente, y todo tiene que estar listo. Aquí lo tengo todo controlado, Charlie. Imagino que lo habrás adivinado por mi voz.

—¡Cojonudo! Lo tienes todo controlado. ¡Genial! Un amigo cojonudo...

—Charlie, creo que estás alterado porque no te gusta el hotel. Pero deberías calmarte. Mira las cosas a distancia, con perspectiva. Y anímate. Aquí lo tengo todo controlado. Solucionaré lo del perro y luego desempeñaré mi papel hasta el final, por ti. Emily, le diré. Emily, fíjate en mí, mira cuánta lástima doy. La verdad es que casi todo el mundo da lástima. Pero Charlie, Charlie es diferente. Charlie pertenece a otra categoría.

—No le digas eso. Suena artificial.

—Hombre, no seas bobo, no se lo voy a decir así, literalmente. Tú déjame a mí. Controlo totalmente la situación. O sea que tranquilízate. Ahora tengo que dejarte.

Colgué y fui a ver el estado del cazo. El líquido había empezado a hervir y había mucho vapor, pero ningún olor efectivo. Regulé la llama hasta que la superficie se puso a burbujear alegremente. Más o menos por entonces sentí necesidad de respirar aire puro y como aún no había inspeccionado la terraza, abrí la puerta de la cocina y salí.

Hacía una temperatura sorprendentemente agradable para ser Inglaterra y estar a comienzos de junio. Sólo el agudo filo de la brisa me decía que no estaba en España. El cielo no había oscurecido del todo, pero asomaban ya las estrellas. Al otro lado del antepecho había kilómetros de ventanas y patios traseros. Muchas ventanas tenían luz, y las más lejanas parecían una prolongación del manto celeste si entornaba los ojos. No era una terraza grande, pero había en ella algo decididamente romántico. Se podía imaginar allí a una pareja, en el corazón de la ajetreada vida urbana, paseando entre las macetas al anochecer, abrazados por la cintura, contándose las anécdotas de la jornada.

Me habría quedado más tiempo, pero tenía miedo de desanimarme. Volví a la cocina, vi que el cazo seguía burbujeando y me detuve en la puerta de la sala para juzgar mi primera obra. El gran error, me pareció, estribaba en mi ineptitud para enfocar la labor desde el punto de vista de un ser como Hendrix. La clave, por fin me daba cuenta, era sumergirme en el espíritu y la concepción de las cosas de Hendrix.

Una vez que me hube mentalizado, me percaté no

sólo de la insuficiencia de mis esfuerzos previos, sino también de la inoperancia de la mayor parte de las sugerencias de Charlie. ¿Por qué iba un perro revoltoso a destrozar un pequeño buey de adorno junto al equipo de música? Y la idea de desgarrar el sofá y esparcir la paja era ridícula. Para conseguir ese efecto, Hendrix tendría que tener hojas de afeitar en la dentadura. El azucarero volcado en la cocina estaba bien, pero comprendí que el estado de la sala necesitaba un replanteamiento radical.

Entré en la sala agachado, para verlo todo a la altura de la mirada de Hendrix. Las elegantes revistas amontonadas en la mesa de centro se revelaron en el acto como objetivo evidente y les di un empujón para que siguieran una trayectoria acorde con el topetazo que daría un hocico desbocado. Las revistas aterrizaron en el suelo con una autenticidad satisfactoria. Estimulado, me puse de rodillas, abrí una revista y estrujé una página de un modo que esperaba que produjera asociaciones de ideas en la cabeza de Emily cuando ésta acabara viendo la agenda. Pero el resultado fue decepcionante esta vez: saltaba a la vista que era obra de una mano humana y no de una dentadura canina. Había incurrido en el error inicial: no me había identificado suficientemente con Hendrix.

Así que me puse a cuatro patas, bajé la cabeza hacia la revista en cuestión y hundí los dientes en las páginas. El papel sabía a colonia y no era del todo desagradable. Abrí otra revista caída casi por el centro y repetí la operación. No tardé en inferir que la técnica ideal no se diferenciaba de la que se necesitaba en esos juegos de colegio en que hay que morder manzanas flotando en el agua, sin ayuda de las manos. El mejor procedimiento era el bocado ligero, que las mandíbulas se movieran relajadamente todo el rato, así se arrugaba el papel a la perfección. En cambio, poniendo demasiado empeño en un solo bocado me limitaba a «grapar» las páginas con poco efecto.

Me enfrasqué tanto en estos pequeños detalles que tardé en darme cuenta de que Emily estaba en el pasillo, cerca de la puerta, mirándome. Cuando advertí su presencia, lo primero que sentí no fue pánico ni vergüenza; me sentí dolido, por estar ella allí de aquel modo, sin haberme anunciado su llegada. En realidad, cuando recordaba la molestia que me había tomado llamándola a la oficina hacía unos minutos, para evitar precisamente una situación tan comprometida como aquélla, me sentí víctima de un engaño calculado. Puede que por eso mi primera reacción tangible fuera dar un suspiro de cansancio, sin hacer nada en absoluto por abandonar la postura animal. El suspiro movilizó a Emily, que me puso una mano en la espalda. No estoy seguro de si se arrodilló o no, pero su cara estaba cerca de la mía cuando dijo:

–Raymond, ya estoy aquí. ¿Nos sentamos?

Tiró de mí para levantarme y tuve que reprimir el impulso de apartarla sacudiéndome.

–¿Sabes? Es extraño –dije–. Hace apenas unos minutos estabas a punto de entrar en una reunión.

–Estaba, sí. Pero cuando me llamaste, comprendí que era prioritario volver.

–¿Qué significa eso de prioritario? Por favor, Emily,

no sigas sujetándome así el brazo, no me voy a caer. ¿Qué has querido decir con lo de que era prioritario volver?

–Tu llamada. Comprendí lo que significaba. Un grito de ayuda.

–No era nada de eso. Sólo trataba de... –Me interrumpí porque Emily estaba mirando la habitación con cara de pasmo.

–Ay, Raymond –murmuró, casi para sí misma.

–Supongo que he sido un poco patoso. Quería ponerlo en orden, pero has vuelto demasiado pronto.

Fui a levantar la lámpara, pero Emily me contuvo.

–No importa, Ray. De verdad, no importa. Ya lo arreglaremos juntos más tarde. Ahora siéntate y relájate.

–Escucha, Emily, me doy cuenta de que es tu casa y todo eso. Pero ¿por qué has entrado tan sigilosamente?

–No he entrado sigilosamente, querido. Te llamé al entrar, pero al parecer no estabas. Así que me fui al lavabo, y cuando salí, bueno, allí estabas, por fin. Pero ¿por qué darle más vueltas? No tiene la menor importancia. Ya estoy aquí y juntos pasaremos una velada tranquila. Siéntate, Raymond, por favor. Voy a preparar un té.

Mientras hablaba, se dirigió a la cocina. Yo estaba entretenido con la pantalla de la lámpara y tardé unos segundos en recordar lo que iba a encontrar allí, y entonces ya era demasiado tarde. Agucé el oído en espera de su reacción, pero sólo hubo silencio. Al final dejé la pantalla y me acerqué a la puerta de la cocina.

El cazo seguía burbujeando alegremente y el vapor elevándose alrededor de la suela de la bota invertida. El olor, que hasta entonces apenas había notado, era allí mucho más palpable. Era penetrante, en efecto, y recordaba vagamente al curry. Más que nada, evocaba aquellos tiempos en que uno se descalzaba después de una larga y sudorosa caminata.

Emily estaba a unos pasos de la encimera y estiraba el cuello para ver el contenido del cazo a una distancia prudencial. Parecía hipnotizada por la imagen y cuando lancé una risita para anunciar mi presencia, no desvió la mirada y mucho menos se volvió.

Pasé junto a ella encogiéndome y me senté a la mesa. Al final se volvió hacia mí con sonrisa bondadosa.

—La intención ha sido francamente bonita, Raymond.

Luego, como obligada contra su voluntad, su mirada volvió a posarse en el cazo.

Delante de mí estaban el azucarero volcado y la agenda, y un terrible cansancio se apoderó de mí. El mundo entero se me cayó encima y entonces llegué a la conclusión de que la única salida que me quedaba era dejar de hacer el payaso y confesar. Tragué una profunda bocanada de aire y dije:

—Mira, Emily. Puede que todo esto te parezca extraño. Pero todo fue por culpa de tu agenda. Ésa. —La abrí por la página estropeada y se la enseñé—. Fue un acto imperdonable y estoy sinceramente arrepentido. Pero dio la casualidad de que la abrí y, bueno, dio la casualidad de que arrugué la página.

Así... –Hice una pantomima, una versión edulcorada de mi reacción inicial, y me quedé mirando a Emily.

Para mi sorpresa sólo dirigió una mirada superficial a la agenda y se volvió para mirar el cazo.

–No es más que un bloc de notas –dijo–. Nada personal. No debes preocuparte por eso, Ray. –Y se acercó al cazo para ver mejor el contenido.

–¿Qué quieres decir? ¿Qué es eso de que no debo preocuparme? ¿Cómo puedes decir eso?

–No te pongas así, Raymond. Sólo son cosas que apunto por si se me olvidan.

–¡Pero Charlie me dijo que te pondrías como una fiera! –Mi indignación crecía por momentos, porque Emily, por lo visto, había olvidado lo que había escrito sobre mí.

–¿En serio? ¿Charlie te dijo que me enfadaría?

–¡Sí! En realidad, dijo que tú le dijiste una vez que le cortarías las pelotas si fisgaba en la agenda.

Emily puso cara de desconcierto, pero no supe si a causa de mis palabras o porque no dejaba de mirar el cazo. Se sentó conmigo a la mesa y meditó.

–No –dijo momentos después–. Fue por otra cosa. Ahora lo recuerdo con claridad. Hace alrededor de un año, Charlie se deprimió por no sé qué, y le dio por preguntarme qué haría yo si él se suicidara. Me estaba probando, sé que es demasiado cobarde para intentar una cosa así. Pero insistió y entonces le dije que si se le ocurría hacer una cosa así, le cortaría las pelotas. Es la única vez que se lo he dicho. Quiero decir que no es una muletilla mía.

–No lo entiendo. ¿Le harías eso si se suicidara? ¿Después?

–Fue sólo una forma de hablar, Raymond. Yo sólo quería expresarle lo mucho que me fastidiaría que se matara. Fue para que se sintiera valorado.

–No me has entendido. Si se los cortas después, no se puede considerar una medida disuasoria, ¿verdad que no? Aunque quizá tengas razón, sería...

–Raymond, olvídalo. Olvida todo este asunto. Ayer preparé estofado de cordero y quedó más de la mitad. Anoche lo pasamos muy bien y hoy lo pasaremos mejor. Podemos abrir una botella de burdeos. Ha sido un detalle realmente precioso que te pusieras a preparar la cena. Pero creo que lo más aconsejable para esta noche es el cordero, ¿qué dices tú?

Me sentía incapaz de articular una explicación.

–Vale, vale. Estofado de cordero. Magnífico. Sí, sí.

–Entonces..., ¿podemos apartar *esto* por ahora?

–Sí, sí. Por favor. Apártalo, por favor.

Me levanté y fui a la sala, que naturalmente seguía hecha un asco, pero ya no tenía fuerzas para ponerme a limpiar. Me tendí en el sofá y me quedé mirando al techo. En cierto momento fui consciente de que entraba Emily, y pensé que se iría por el pasillo, pero entonces me di cuenta de que estaba agachada en el rincón del otro extremo, toqueteando el equipo de música. Segundos después, la habitación se llenó de cuerdas exuberantes, de metales melancólicos, y Sarah Vaughan cantó «Lover Man».

Caí en brazos de la relajación y la comodidad. Moviendo la cabeza para seguir el ritmo lento, cerré los ojos y recordé que hacía ya muchos años, en su habitación de la universidad, habíamos discutido durante más de una hora sobre si Billie Holiday cantaba aquella canción mejor que Sarah Vaughan.

Emily me rozó el hombro y me alargó un vaso de vino tinto. Se había puesto un delantal de volantes encima del traje sastre y tenía otro vaso en la mano. Se sentó en el otro extremo del sofá, a mis pies, y tomó un sorbo. Bajó el volumen con el mando a distancia.

–Ha sido un día espantoso –dijo–. No me refiero sólo al trabajo, que es un auténtico caos. Me refiero también a la partida de Charlie, a todo. No creas que no me duele que se vaya al extranjero así como así, sin que hayamos hecho las paces. Y por si eso no bastara, vas tú y viertes la gota que colma el vaso. –Dio un largo suspiro.

–No, Emily, en realidad no es tan malo como lo pintas. Por lo pronto, Charlie te tiene en un pedestal. Y, en cuanto a mí, estoy bien. De veras.

–Y una mierda.

–No, en serio, me siento bien...

–Me refiero a eso de que Charlie me tiene en un pedestal.

–Ah, entiendo. Bueno, si tú crees que es mentira, entonces estás muy equivocada. Sé que Charlie te quiere más que nunca.

–¿Y cómo sabes tú eso?

–Lo sé porque..., bueno, para empezar, él mismo me lo dijo más o menos, cuando almorzamos juntos. Y aunque no lo dijera con esas palabras, me di cuen-

97

ta. Mira, Emily, sé que las cosas están un poco tensas actualmente. Pero tienes que aferrarte a lo más importante. Y es que aún te quiere muchísimo.

Volvió a suspirar.

—¿Sabes? Hacía siglos que no oía ese disco. Por culpa de Charlie. En cuanto pongo esta música, empieza a gruñir.

Guardamos silencio unos instantes, escuchando a Sarah Vaughan. Al llegar la parte instrumental, Emily dijo:

—Supongo que preferirás su otra versión. La que hizo sólo con piano y contrabajo.

No respondí y me limité a incorporarme un poco, para beber mejor el vino.

—Estoy segurísima —prosiguió—. Prefieres la otra versión. ¿Verdad, Raymond?

—Bueno —dije—, la verdad es que no lo sé. Si he de ser sincero, no recuerdo la otra versión.

Emily se removió en el sofá.

—Me tomas el pelo.

—Es curioso, pero últimamente apenas oigo esta clase de música. En realidad, la he borrado casi por completo de mi memoria. Ni siquiera estoy seguro de qué canción estamos oyendo. —Reí suavemente, pero creo que me salió fatal.

—¿De qué hablas? —Parecía enfadada—. Eso es absurdo. Como no te hayan hecho una lobotomía, es imposible que la hayas olvidado.

—Bueno. Han pasado muchos años. Las cosas cambian.

—¿De qué estás hablando? —Esta vez hubo un asomo de miedo en su voz–. Las cosas no cambian hasta ese extremo.

Yo no sabía qué hacer para cambiar de conversación.

–Lástima que haya tanto lío en tu trabajo –dije. No me hizo caso.

–¿Qué me estás diciendo? ¿Me estás diciendo que no te gusta *esto*? Quieres que lo apague, ¿es eso?

–No, no, Emily, por favor, es encantador. Me trae..., me trae recuerdos. Por favor, volvamos a estar callados y relajados, como hace un minuto.

Dio otro suspiro. Cuando habló, su voz había recuperado la amabilidad.

–Perdóname, querido. Lo había olvidado. Es lo que menos necesitas, que te griten. Lo siento mucho.

–No, no, no pasa nada. –Me incorporé hasta quedarme sentado–. ¿Sabes, Emily? Charlie es un hombre decente. Un hombre muy decente. Y te quiere. Más no puedes pedir, eso lo sabes.

Emily se encogió de hombros y tomó otro sorbo de vino.

–Puede que tengas razón. Y ya no somos tan jóvenes. Nos va tan mal como a cualquiera. Deberíamos considerarnos afortunados. Pero al parecer nunca estamos satisfechos. No sé por qué. Porque cuando me pongo a pensarlo, me doy cuenta de que en realidad no quiero a ningún otro.

Estuvo aproximadamente un minuto dando sorbos al vino y escuchando la música. Entonces añadió:

–Sabes, Raymond, cuando estás en una fiesta, en un baile. Y es como un baile lento y estás con la persona con quien realmente quieres estar, y el resto de la sala se desvanece. Pero en cierto modo no es así. No es exactamente así. Sabes que no hay nadie ni la mitad de interesante que el tipo que te tiene en sus brazos. Y sin embargo..., bueno, están todos los demás que hay en la sala. No te dejan en paz. Siguen gritando y agitando la mano, haciendo gansadas para llamar tu atención. «¡Eh! ¿Cómo puedes contentarte con ése? ¡Puedes aspirar a más! ¡Mira hacia aquí!» Es como si te gritaran cosas parecidas todo el tiempo. La velada se fastidia y no puedes bailar tranquilamente con tu hombre. ¿Entiendes lo que quiero decir, Raymond?

Medité sus palabras un rato y dije:

—Bueno, yo no tengo tanta suerte como tú y Charlie. No tengo a nadie especial como vosotros. Pero sí, en cierto modo, entiendo lo que quieres decir. Cuesta saber dónde echar raíces. Y hasta qué punto echarlas.

—Tienes toda la puñetera razón. Me gustaría que echaran a esos gorrones. Me gustaría que los echaran y nos dejaran seguir con lo nuestro.

—Mira, Emily, no te lo he dicho en broma. Charlie te tiene en un pedestal. Anda un poco descentrado porque las cosas no han ido bien entre vosotros.

Me daba prácticamente la espalda y durante un rato no abrió la boca. Sarah Vaughan acometió entonces su versión de «April in Paris», hermosa pero quizá excesivamente lenta, y Emily se puso a cantar como si Sarah le hubiera dado la entrada. Se volvió y negó con la cabeza.

—No lo entiendo, Ray. No acabo de entender que no escuches ya esta música. En aquella época oíamos todos estos discos. En aquel pequeño tocadiscos que me compró mi madre antes de ir a la universidad. ¿Cómo es posible que te hayas olvidado?

Me puse en pie y me acerqué a la puerta encristalada, todavía con el vaso en la mano. Al mirar la terraza me di cuenta de que se me habían humedecido los ojos. Abrí y salí al exterior para secarme las lágrimas sin que Emily lo advirtiese, pero estaba ya detrás de mí, de modo que a lo mejor se dio cuenta, no lo sé.

Era una noche agradable y Sarah Vaughan y su banda se arrastraban hasta la terraza. Las estrellas brillaban más que antes y las luces de los vecinos seguían titilando como una prolongación del manto celeste.

–Me encanta esta canción –dijo Emily–. Supongo que también la habrás olvidado. Pero sabrás bailarla, aunque la hayas olvidado.

–Sí, supongo que sí.

–Podríamos bailar como Fred Astaire y Ginger Rogers.

–Sí, podríamos.

Dejamos los vasos en la mesa de piedra y nos pusimos a bailar. No lo hacíamos particularmente bien, nuestras rodillas chocaban sin parar, pero al estar tan cerca de Emily los sentidos se me inflamaron con la textura de su ropa, su pelo, su piel. Al tenerla tan cerca volví a pensar que había engordado mucho.

–Tienes razón, Raymond –me dijo al oído, en voz baja–. Charlie tiene toda la razón. Deberíamos solucionar esto solos.

–Sí. Deberíais.

—Eres un buen amigo, Raymond. ¿Qué haríamos sin ti?

—Si soy un buen amigo, me alegro. Porque no soy bueno para nada más. En realidad, soy un completo inútil, ¿verdad?

Sentí un fuerte tirón en el hombro.

—No digas eso —murmuró—. No hables así. —Al cabo de un momento añadió—: Eres un buen amigo, Raymond.

Era la versión de «April in Paris» que grabó Sarah Vaughan en 1954, con Clifford Brown en la trompeta. Sabía que era una pieza larga, de ocho minutos por lo menos. Aquello me gustó, porque sabía que cuando terminara la canción, dejaríamos de bailar, entraríamos y comeríamos el estofado. Y si la intuición no me engañaba, Emily volvería a pensar en lo sucedido con la agenda y esta vez llegaría a la conclusión de que el ataque no había sido tan trivial. Eso o cualquier otra cosa. Pero durante unos minutos más estuvimos a salvo y seguimos bailando bajo el cielo estrellado.

Malvern Hills

Había pasado la primavera en Londres y, en términos generales, aunque no había conseguido nada de lo que me había propuesto, había sido un paréntesis emocionante. Pero, con el paso de las semanas y la aproximación del verano, había vuelto la vieja inquietud. Por ejemplo, me estaba volviendo un poco paranoico por la posibilidad de seguir tropezando con antiguos compañeros de universidad. Vagando por Camden Town o repasando compactos que no podía comprar en las megatiendas del West End, había coincidido con todo un ejército, y todos me preguntaban cómo me iba desde que había dejado las aulas «en busca de fama y fortuna». No es que me avergonzara contarles hasta dónde había llegado. Era sólo que, con muy pocas excepciones, ninguno era capaz de entender que aquellos meses, para mí y en aquel momento concreto, fueran «provechosos».

Como digo, no había alcanzado todas las metas que me había fijado, pero es que esas metas desde siempre habían sido más bien objetivos a largo plazo. Y todas aquellas audiciones, incluso las realmente aburridas, habían sido experiencias de valor incalculable. En casi todos los casos aprendí algo sobre la escena londinense o sobre la industria musical en general.

Algunas audiciones habían tenido una gran profesionalidad. Iba a un almacén o a un garaje reformado, y un encargado, o a lo mejor la novia de un miembro de la banda, anotaba mi nombre, me indicaba que esperase, me ofrecía un té, mientras en el recinto contiguo retumbaban los arranques e interrupciones de la música. Pero casi todas las audiciones tuvieron lugar a un nivel mucho más caótico. En realidad, cuando veías cómo enfocaba las cosas la mayoría de las bandas, entendías que toda la escena londinense se estuviera muriendo sin darse cuenta. De tarde en tarde me adentraba en esas calles de casas bajas anónimas de la periferia, subía una escalera con la guitarra acústica y entraba en un inmueble que olía a moho, con colchones y sacos de dormir por todas partes, y con los miembros de la banda que mascullaban y apenas te miraban a los ojos. Yo cantaba y tocaba mientras los demás me miraban con cara impasible, hasta que uno ponía punto final a la audición diciendo algo como: «Sí, vale. Gracias de todos modos, pero no encaja totalmente en nuestro estilo.»

No tardé en averiguar que casi todos aquellos tíos eran tímidos o muy delicados en el tema de las audiciones, y que si charlaba con ellos de otras cosas, se sentían mucho más relajados. Era entonces cuando cosechaba un montón de información útil: dónde estaban los clubs interesantes o la dirección de otras bandas que necesitaban un guitarrista. A veces era sólo la notificación de una actuación que valía la pena ver. Como digo, nunca me iba con las manos vacías.

En general, a la gente le gustaba oírme tocar la guitarra y muchos decían que mi voz combinaba muy bien con los acordes. Pero enseguida me percaté de que había dos factores en mi contra. El primero era que no tenía equipo. Muchas bandas necesitaban guitarristas, pero con instrumento eléctrico, y con amplificadores, con bafles, y preferentemente con vehículo, y dispuestos a adaptarse a su calendario de actuaciones. Yo iba a pie y con una guitarra acústica de baratillo. Así que por mucho que les gustasen mi ritmo o mi voz, no tenían más remedio que despedirme. Hasta cierto punto era lógico.

Más difícil de aceptar era el otro obstáculo, que, debo confesarlo, para mí fue toda una sorpresa. Por lo visto era un problema que escribiera mis canciones. No podía creerlo. Allí me tenías, en un piso cochambroso, tocando delante de un círculo de caras impávidas, y al final, tras un silencio que podía durar quince, veinte segundos, uno preguntaba con suspicacia: «¿Y de quién es esa canción?» Y cuando les decía que era mía, se desvanecía todo el entusiasmo. Había encogimientos de hombros, cabeceos, sonrisitas de complicidad y me acompañaban a la puerta con palmadas de consuelo.

La enésima vez que sucedió, me sulfuré tanto que dije:

—Oye, no os entiendo. ¿Queréis ir de versionistas

toda la vida? Y aun en el caso de que sea eso lo que queréis, ¿de dónde pensáis que salen las canciones que repetís? Sí, exacto. ¡Alguien ha tenido que componerlas!

Pero el tipo con el que hablaba se me quedó mirando con impavidez y dijo:

—No te ofendas, colega. Es que hay un montón de capullos que escriben canciones.

La incongruencia de esta postura, que parecía haberse extendido por toda la escena londinense, fue clave para convencerme de que había algo, si no radicalmente podrido, sí al menos desgarradoramente superficial y postizo en lo que se gestaba allí, justamente al nivel más básico, y que sin duda reflejaba lo que sucedía en todos los peldaños de la industria musical.

Esta apercepción, y el hecho de que con la llegada del verano me estuviera quedando sin casas en las que dormir, me indujeron a pensar que, pese a toda la fascinación que ejercía Londres —mi época universitaria parecía gris en comparación—, me convenía tomarme un respiro lejos de la urbe. Así que llamé a mi hermana Maggie, que tiene una cafetería con su marido en Malvern Hills, y acabé decidiendo que pasaría el verano con ellos.

Maggie tiene cuatro años más que yo y siempre se ha preocupado por mí, así que sabía que me recibiría con los brazos abiertos. En realidad, estaba seguro de que se alegraría de contar con ayuda. Cuando digo que tiene una cafetería en Malvern Hills, no quiero decir que esté en Great Malvern ni en la carretera principal, sino literalmente en las colinas de Malvern. Es un viejo edificio victoriano, con la fachada orientada al oeste, de modo que cuando hace buen tiempo se puede tomar el té y el pastel en la terraza, y disfrutar de una vista panorámica de Herefordshire. Maggie y Geoff tienen que cerrar en invierno, pero en verano se llena siempre, sobre todo de vecinos de los alrededores —que dejan el coche en el aparcamiento de West of England, que está unos cien metros más abajo, y suben jadeando por el sendero con sus chancletas y sus vestidos de flores estampadas—, pero también de pelotones de mochileros con mapas y todo el equipo.

Maggie me dijo que no podían permitirse pagarme un sueldo, lo cual me venía de perlas, porque significaba que no esperarían que me matase trabajando para ellos. De todos modos, como me daban comida y cama, se sobrentendió que yo sería el tercer miembro del servicio. Hubo cierta confusión en esto y, al principio, Geoff parecía debatirse entre echarme a puntapiés por no hacer nada y disculparse por pedirme que hiciera algo, como si fuera un huésped. Pero la rutina impuso pronto una pauta. El trabajo era muy simple —era especialmente hábil preparando bocadillos— y a veces tenía que recordarme a mí mismo el principal motivo de mi estancia en el campo: escribir otro lote de canciones para regresar con ellas a Londres en otoño.

Soy madrugador por naturaleza, pero no tardé en averiguar que los desayunos en la cafetería eran una pesadilla, unos clientes querían los huevos de este modo, las tostadas de aquel otro, y todo lo que iba al fuego se cocía demasiado. En consecuencia, resolví no aparecer antes de las once. Mientras el trasiego de abajo estaba en su mejor momento, yo abría la ventana del mirador de mi habitación, me sentaba en el ancho alféizar y tocaba la guitarra con la mirada perdida en la lejanía campestre. Hubo una serie de mañanas soleadas tras mi llegada y fue una sensación gloriosa, como si desde allí viera la eternidad y, cuando encadenaba acordes, resonaran en todo el país. Sólo cuando asomaba la cabeza y obtenía una imagen a vista de pájaro de la terraza de la cafetería me daba cuenta de la gente que iba y venía con perros y cochecitos de niño.

No era forastero en aquella zona. Maggie y yo habíamos crecido a unos kilómetros de allí, en Pershore, y nuestros padres nos habían llevado a pasear a menudo por las colinas. Pero en aquella época me entusiasmaba poco y, cuando tuve edad suficiente, me negué a ir con ellos. Aquel verano, sin embargo, pensaba que era el lugar más bello del mundo; que en muchos aspectos yo venía de las colinas y pertenecía a ellas. Puede que tuviera que ver con que nuestros padres se separaran, con que desde entonces la casa gris que había enfrente de la peluquería ya no fuera «nuestra» casa. Fuera lo que fuese, esta vez, en lugar de la claustrofobia que recordaba de la infancia, sentía afecto por la región, incluso nostalgia.

Me dediqué a vagabundear por las colinas prácticamente todo el día, a veces con la guitarra, si estaba seguro de que no iba a llover. Me gustaban en particular Table Hill y End Hill, dos elevaciones situadas en el extremo norte de la cordillera de las que suelen olvidarse los domingueros. Allí me perdía en mis pensamientos durante horas y sin ver un alma. Era como ver las colinas por primera vez y casi saboreaba las ideas para las nuevas canciones que me bullían en el cerebro.

Trabajar en la cafetería, sin embargo, era harina de otro costal. De pronto oía una voz, o veía una cara acercarse al mostrador mientras preparaba una ensalada, que me retrotraían a las primeras etapas de mi vida. Los viejos amigos de mis padres se acercaban y me acribillaban a preguntas sobre adónde había llegado en la vida, y yo me tiraba faroles hasta que decidían dejarme en paz. Normalmente abandonaban musitando: «Bueno, por lo menos tienes ocupación», o algo parecido, asintiendo con la cabeza hacia el pan cortado y los tomates, antes de alejarse con la taza y el platillo en dirección a su mesa, con las piernas rígidas. O alguno que había ido a la escuela conmigo se acercaba y se ponía a hablarme con su nuevo acento «universitario», para analizar la última película de Batman con lenguaje de enterado o para describirme las verdaderas causas de la pobreza en el mundo.

En el fondo no me importaba. Es más, algunos se alegraban sinceramente de verme. Pero hubo una persona concreta que entró en la cafetería aquel verano, y en el instante en que la vi, me quedé helado, y mientras planeaba la forma de escapar metiéndome en la cocina, me vio.

Era la señora Fraser, o la Bruja Fraser, como la lla-

111

mábamos entonces. La reconocí en cuanto cruzó el umbral con un pequeño bulldog lleno de barro. Me pareció que debía decirle que dejara el perro fuera, aunque la gente no lo hacía nunca cuando entraba para llevarse cosas. La Bruja Fraser había sido maestra en mi escuela de Pershore. Por suerte, se jubiló antes de terminar yo la secundaria, pero en mi recuerdo su sombra se proyecta sobre toda mi trayectoria escolar. Exceptuándola a ella, la escuela no estaba mal, pero me había tenido inquina desde el principio, y cuando se tienen once años no se puede hacer nada para defenderse de una persona como ella. Recurría a los trucos perversos que son típicos de los maestros, como hacerme en clase las preguntas que pensaba que no iba a ser capaz de responder; o mandarme que me quedara de pie para que la clase se riera de mí. El juego se volvió más sutil con el tiempo. Recuerdo que cuando tenía catorce años, otro maestro, el señor Travis, había bromeado conmigo en clase. No burlándose de mí, sino como si fuéramos iguales, y la clase se había reído y yo me había sentido contento. Pero un par de días después, mientras avanzaba yo por el pasillo, vi venir al señor Travis hablando con *ella*, y cuando llegaron a mi altura, la Bruja me detuvo y me echó un rapapolvo por unos ejercicios atrasados o algo parecido. Lo importante era que lo había hecho sólo para que el señor Travis supiera que yo era un «revoltoso»; que si por un momento había creído el señor Travis que yo era de los chicos que merecían su respeto, no podía estar más equivocado. Puede que fuera porque era vieja, no lo sé, pero el resto del personal docente nunca le llevaba la contraria. Todos la obedecían como si fuera el Evangelio.

Cuando entró la Bruja Fraser aquel día, fue evidente que me reconoció, pero no sonrió ni me llamó por mi nombre. Pidió una taza de té y un paquete de galletas rellenas y se los llevó a la terraza. Pensé que allí se acababa todo. Pero al cabo del rato volvió a entrar, dejó en el mostrador la taza vacía y el platillo y dijo:

—Como aquí no limpian las mesas, yo misma traigo mi consumición. —Me miró un par de segundos más de lo normal, con aquella antigua expresión suya de te-daría-un-cachete, y se fue.

Volví a sentir todo el odio de antaño por la vieja arpía y cuando llegó Maggie, unos minutos después, estaba ya que trinaba. Se dio cuenta en el acto y me preguntó qué ocurría. Había clientes en la terraza, pero ninguno dentro, así que se lo conté a gritos, derramando sobre la Bruja Fraser todos los insultos que se merecía. Maggie tuvo que calmarme.

—Bueno —dijo—, ya no es maestra de nadie. Sólo es una anciana triste a quien abandonó el marido.

—No me extraña.

—Pues deberías apenarte un poco por ella. Cuando ya pensaba que iba a disfrutar de su jubilación, la dejan por una mujer más joven. Y ahora dirige sola una pensión y la gente dice que el lugar se cae en pedazos.

Oír todo aquello me puso eufórico. Me olvidé enseguida de la Bruja Fraser, porque entró un grupo y tuve que preparar muchas ensaladas de atún. Pero unos días después, charlando con Geoff en la cocina, me enteré de más detalles; que el marido, de cuarenta y tantos, se había fugado con su secretaria, y que el hotel había empezado con buen pie, pero que ahora, según todos los rumores, los huéspedes pedían que les devolvieran el dinero o se iban a las pocas horas de llegar. Vi personalmente el lugar una vez, mientras ayudaba a Maggie; íbamos al almacén del mayorista y pasamos por delante. El hotel de la Bruja Fraser estaba allí mismo, en Elgar Route, y era una maciza construcción de granito con un rótulo gigantesco que rezaba: «Malvern Lodge».

Pero tampoco quería saber tanto de la Bruja Fraser. No estaba obsesionado por ella ni por el hotel. Pero lo cuento por lo que sucedió más tarde, cuando llegaron Tilo y Sonja.

Geoff había ido aquel día a Great Malvern, así que sólo estábamos Maggie y yo para defender el castillo. La hora punta del almuerzo había pasado, pero cuando entraron los teutones aún teníamos trabajo por delante. Los apodé mentalmente «teutones» en cuanto los oí hablar. No fue por racismo. Si estás detrás de un mostrador y has de recordar quién no quiere remolacha, quién quiere otra ración de pan, para quién es cada cosa que hay en cada pedido, no hay más remedio que convertir a todos los clientes en personajes, ponerles nombre, fijarse en sus peculiaridades físicas. Cara de Asno quería queso con fiambres y dos cafés. Flautas de atún con mahonesa para Winston Churchill y señora. Así es como me entendía yo solo. En consecuencia, Tilo y Sonja fueron «los teutones».

Aquella tarde hacía mucho calor, pero casi todos

114

los clientes –ingleses al fin y al cabo– seguían sentados en la terraza, algunos incluso alejados de los quitasoles, para tostarse al sol. Pero los teutones decidieron sentarse dentro, a la sombra. Llevaban pantalón ancho de color beige, calzado deportivo y camiseta, pero tenían un aire elegante, como es habitual en los que vienen del continente. Les eché cuarenta y tantos años, tal vez cincuenta; no presté mucha atención en esta fase. Almorzaron hablando tranquilamente y parecían como cualquier pareja agradable y madura de Europa. Pero al rato, el hombre se levantó y se puso a pasear por la sala, deteniéndose para observar una foto antigua y borrosa que Maggie había colgado en la pared, una foto de cómo era la casa en 1915. Abrió los brazos y dijo:

–¡El campo aquí es maravilloso! En Suiza tenemos muchas montañas imponentes. Pero lo que tienen ustedes aquí es otra cosa. Son colinas. Ustedes les llaman colinas. Tienen encanto propio, porque son bondadosas y cordiales.

–Ah, son ustedes de Suiza –dijo Maggie con voz educada–. Siempre he querido ir allí. Todo suena fantástico, los Alpes, los teleféricos.

–Desde luego, nuestro país tiene muchos rasgos bonitos. Pero aquí, en este lugar, hay un encanto especial. Hace mucho que queríamos visitar esta parte de Inglaterra. Siempre hablábamos de ello ¡y por fin estamos aquí! –Rió con fuerza–. ¡Qué felicidad estar aquí!

–Estupendo –dijo Maggie–. Espero que lo disfruten. ¿Van a quedarse mucho tiempo?

—Aún tenemos tres días y luego volvemos al trabajo. Nos moríamos por venir desde que vimos hace años un maravilloso documental sobre Elgar. Es evidente que Elgar amaba estas colinas y las exploró a conciencia con su bicicleta. ¡Y por fin estamos aquí!

Maggie charló con ellos unos minutos sobre lugares ingleses que ya habían visitado y los que debían ver en la zona, lo que se espera que se diga a los turistas. Lo había oído ya un millón de veces y habría podido repetirlo de manera más o menos automática, así que empecé a desconectar. Sólo asimilé que los teutones eran en realidad suizos y que viajaban en un coche alquilado. Siguió diciendo que Inglaterra era un gran lugar y que todo el mundo había sido muy amable, y se tronchaba de risa cada vez que Maggie le decía algo medianamente gracioso. Pero, como he dicho, desconecté pensando que era simplemente una pareja aburrida. Sólo volví a prestarles atención unos momentos más tarde, cuando me di cuenta de que el hombre se esforzaba para que su mujer participase en la conversación, y la mujer guardaba silencio, con los ojos fijos en la guía turística y comportándose como si no fuera consciente de ninguna conversación. Fue entonces cuando los miré con más detenimiento.

Los dos tenían un bronceado uniforme y natural, totalmente distinto del sofocado matiz langosta de los lugareños de la terraza, y a pesar de su edad parecían delgados y en forma. El pelo del hombre era gris, pero abundante, y lo llevaba bien cortado, aunque con un vago estilo años setenta, un poco como los chicos de Abba. El pelo de la mujer era rubio, casi blanco, y había mucha seriedad en su expresión, y alrededor de la boca pequeñas arrugas que echaban a perder un buen ejemplo de belleza madura. Y él, como digo, se esforzaba por introducirla en la conversación.

—Claro que mi mujer aprecia mucho a Elgar y una visita a su casa natal sería de lo más interesante.

Silencio.

O:

—No me entusiasma París, lo confieso. Prefiero Londres con diferencia. Pero a Sonja le encanta París.

Nada.

Cada vez que decía algo así, se volvía hacia su mujer, que estaba en el rincón, y Maggie se sentía obligada a mirarla también. Pero la mujer no levantaba los ojos de la guía. El hombre no parecía molesto por aquella actitud y siguió hablando alegremente. Volvió a abrir los brazos y exclamó:

—¡Si me lo permiten, quisiera salir un momento para admirar su magnífico paisaje!

Salió y lo vimos pasear por la terraza. Luego lo perdimos de vista. La mujer seguía en el rincón, leyendo la guía turística. Al cabo del rato, Maggie se acercó y empezó a despejar la mesa. La mujer no le hizo el menor caso, hasta que mi hermana recogió un plato grande en el que quedaba la punta de un panecillo. La mujer golpeó la mesa con la guía y dijo en voz más alta de lo necesario:

—¡No he terminado todavía!

Maggie le pidió disculpas y la dejó con la punta del panecillo, que la mujer no hizo ademán de tocar. Cuando Maggie llegó a mi altura me miró y yo me encogí de hombros. Momentos más tarde, mi hermana preguntó a la mujer, con voz muy simpática, si le apetecía alguna otra cosa.

–No. No quiero nada más.

Por su tono se deducía que había que dejarla en paz, pero en el caso de Maggie era una especie de reflejo. Como si realmente quisiera saberlo, le preguntó:

–¿Ha estado todo a su gusto?

La mujer siguió leyendo durante cinco o seis segundos, como si no la hubiera oído. Volvió a bajar la guía y fulminó a Maggie con la mirada.

–Ya que lo pregunta –dijo–, se lo diré. La comida ha estado impecable. Mejor que la de muchos sitios nauseabundos que tienen ustedes por aquí. Sin embargo, hemos tenido que esperar treinta y cinco minutos para que nos sirvieran un bocadillo con ensalada. Treinta y cinco minutos.

Me di cuenta entonces de que estaba congestionada de ira. No era el ataque que entra de súbito y luego se pasa. No, se notaba que aquella mujer estaba subiéndose por las paredes desde hacía rato. Era la cólera que llega y se queda, de modo constante, como una migraña cruel, sin llegar nunca al techo ni encontrar la válvula de escape apropiada. Maggie tiene tanta sangre fría que no sabía reconocer los síntomas, y probablemente pensó que la mujer se estaba quejando con alguna exageración. Porque se disculpó y dijo:

–Entiéndalo, cuando hay tanto movimiento como el que había antes...

–¿Y no lo hay todos los días? ¿Eh? Todos los días, en verano, cuando hace buen tiempo, ¿no hay estos agobios? ¿Y bien? ¿Por qué entonces se retrasan tanto? Sucede todos los días y les pilla por sorpresa. ¿Es eso lo que me está diciendo?

La mujer había estado mirando a mi hermana, pero cuando salí de detrás del mostrador y me acerqué a Maggie, clavó los ojos en mí. Quizá fue por la cara que le puse, pero advertí que su ira subía un par de décimas. Maggie se volvió y quiso alejarme empujándome con suavidad, pero me resistí y seguí mirando a la mujer. Quería que supiera que el asunto no afectaba sólo a Maggie y a ella. Dios sabe cómo habría acabado la cosa, pero en aquel momento volvió el marido.

–¡Qué vista tan maravillosa! ¡Una vista maravillosa, una comida maravillosa, un país maravilloso!

Yo esperaba que se diera cuenta del nuevo clima reinante, pero si se percató, no dio muestras de que le importara. Sonrió a su mujer y dijo en inglés, probablemente por cortesía:

–Sonja, debes salir a echar una ojeada. Basta con que vayas hasta el final del sendero que hay ahí mismo.

La mujer dijo algo en alemán y volvió a abrir la guía. El marido se adentró en la sala y nos dijo:

–Habíamos pensado llegar a Gales esta tarde. Pero estas colinas de ustedes son tan extraordinarias que me parece que podríamos pasar en este distrito los tres días de vacaciones que nos quedan. Si Sonja está de acuerdo, ¡mi felicidad será completa!

Miró a su mujer, que se encogió de hombros y dijo algo más en alemán. El hombre reaccionó con una sonora carcajada de las suyas.

–¡Magnífico! ¡Está de acuerdo! Entonces, hecho.

Ya no vamos a Gales. ¡Nos quedaremos en el distrito estos tres días!

Nos miró sonriendo de oreja a oreja y Maggie le dijo unas palabras alentadoras. Respiré de alivio al ver que la mujer dejaba la guía y se levantaba para irse. También el hombre se acercó a la mesa, recogió una pequeña mochila y se la colgó del hombro. Entonces dijo a Maggie:

—Me estaba preguntando... ¿Hay en los alrededores algún hotelito que nos pueda recomendar? Nada muy caro, pero que sea confortable y cómodo. Si es posible, que tenga algo de sabor inglés.

Maggie se quedó un poco parada y demoró la respuesta con una pregunta redundante, como: «¿Y qué clase de hotel quieren?»

Pero entonces intervine yo diciendo:

—El mejor sitio de los alrededores es el de la señora Fraser. Está cerca, bajando por la carretera de Worcester. Es el Malvern Lodge.

—¡El Malvern Lodge! ¡Exactamente lo que necesitamos!

Maggie se volvió con un mohín de reprobación y fingió limpiar un poco mientras yo les daba los detalles para encontrar el hostal de la Bruja Fraser. La pareja se fue por fin, él dándonos las gracias entre amplias sonrisas, ella sin volverse ni una sola vez.

Mi hermana me miró con cansancio y cabeceó. Me eché a reír y dije:

—Tendrás que reconocer que esa mujer y la Bruja Fraser son tal para cual. Era una oportunidad demasiado buena para desaprovecharla.

–Tú te diviertes y te lo pasas en grande –dijo Maggie, apartándome para dirigirse a la cocina–. Pero yo vivo aquí.

–¿Y qué? Oye, no vas a ver a los teutones nunca más. Y si la Bruja Fraser se entera de que la hemos recomendado nosotros, no creo que esté en situación de quejarse, ¿no crees?

Maggie volvió a cabecear, pero esta vez con un asomo de sonrisa.

La cafetería quedó más tranquila, luego llegó Geoff y yo me fui arriba con la sensación de haber hecho por el momento más de lo que me correspondía. Ya en mi cuarto, me senté en el mirador con la guitarra y durante un rato me enfrasqué en una canción que tenía ya medio compuesta. Pero entonces –como si no hubiera pasado el tiempo– oí que abajo empezaba el ajetreo del té de la tarde. Si el local se llenaba, como era habitual, Maggie me diría que bajase, y eso no sería justo, habida cuenta de lo mucho que había trabajado ya. Me dije que lo mejor era escabullirse, irse a las colinas y seguir trabajando allí.

Salí por la puerta de atrás sin cruzarme con nadie e inmediatamente sentí el júbilo de estar al aire libre. Hacía mucho calor, y más con la guitarra a cuestas, de modo que agradecía la brisa.

Me dirigí a un lugar concreto que había descubierto la semana anterior. Para llegar había que remontar un empinado sendero, luego andar unos minutos por una cuesta menos pronunciada y entonces se llegaba al banco. Lo había elegido cuidadosamente, no sólo por la fantástica vista que tenía, sino porque no estaba en esas áreas de descanso de los caminos a las que se acercan los adultos con niños agotados y se sientan a tu lado. Tampoco estaba totalmente aislado; de vez en cuando pasaba un excursionista, me saludaba como es habitual, a lo mejor con un comentario sobre la guitarra, pero sin interrumpir la marcha en ningún momento. Esto no me molestaba. Era como tener público sin tenerlo y daba a mi imaginación el acicate que necesitaba.

Llevaba en el banco alrededor de media hora cuando me di cuenta de que unos viandantes, que acababan de pasar con los saludos de rigor, se habían detenido a unos metros de distancia y me observaban. Aquello me irritó y dije con algo de sarcasmo:

–Tranquilos. No tienen que echarme monedas.

Me respondió una sonora carcajada que reconocí enseguida y al levantar los ojos vi a los teutones avanzando hacia mí.

Automáticamente pensé en la posibilidad de que hubieran ido al establecimiento de la Bruja, hubiesen comprendido que les había tomado el pelo y ahora quisieran desquitarse. Pero entonces vi que los dos sonreían con inocencia. Se situaron delante de mí. El sol se estaba poniendo a sus espaldas y durante unos momentos no fueron más que siluetas. Cuando se acercaron me di cuenta de que miraban la guitarra, que yo no había dejado de tocar, con ojos maravillados, como se suele mirar a los niños pequeños. Lo más asombroso era que la mujer seguía con el pie el ritmo de mi melodía. Me sentí cohibido y me detuve.

–¡Venga, siga! –dijo la mujer–. Es muy bueno lo que toca.

–Sí –dijo el marido–, ¡maravilloso! Le oímos de lejos. –Señaló con el dedo–. Estábamos allí arriba, en aquel saliente, y le dije a Sonja: oigo música.

–Y cantar también –dijo la mujer–. Le dije a Tilo: escucha, están cantando en algún sitio. Y tenía razón, ¿verdad? También cantaba hace un momento.

No podía creer que aquella mujer sonriente fuera la misma que nos había hecho pasar tan mal rato en el almuerzo, y volví a mirarlos con atención, por si se trataba de otra pareja. Pero llevaban la misma indumentaria y aunque el viento había despeinado el pelo estilo Abba del hombre, no había confusión posible. Como para acabar de salir de dudas, el hombre dijo:

–Creo que es usted el caballero que nos sirvió el almuerzo en aquel delicioso restaurante.

Lo admití. Y la mujer dijo:

–Esa canción que cantaba hace un momento. La oímos allí arriba, al principio arrastrada por el viento. Me gustaron mucho esos descensos al final de cada estrofa.

–Gracias –dije–. Estoy trabajando en ella. No la he terminado todavía.

–¿Es suya? ¡Debe de ser una persona muy dotada! Por favor, vuelva a cantarla, como antes.

–¿Sabe? –dijo el hombre–, cuando vaya a grabar la canción, debe decirle al productor que quiere que suene a esto, ¡a esto! –Movió el brazo hacia atrás, para señalar el paisaje de Herefordshire–. Dígale que éste es el sonido, el entorno acústico que necesita. Así los oyentes oirán la canción como nosotros la hemos oído hoy, flotando en el viento mientras descendíamos la colina...

–Pero con más claridad –dijo la mujer–. De lo contrario, el oyente no se enterará de la letra. Tilo está en lo cierto. Tiene que percibirse la naturaleza. El aire, el eco.

Parecían a punto de caer en éxtasis, como si acabaran de encontrar a otro Elgar en las colinas. A pesar de mis recelos iniciales, sus muestras de simpatía me vencieron.

–Bueno –dije–, he escrito aquí la mayor parte de la canción, no es de extrañar que haya en ella algo del paisaje.

–Sí, sí –dijeron, asintiendo con la cabeza. La mujer añadió–: No sea tímido. Por favor, deléitenos con su música. Sonaba como los ángeles.

–Muy bien –dije, haciendo un breve tiento–. Muy bien, cantaré una canción, si realmente lo desean. No la inacabada, sino otra. Pero no puedo cantar con ustedes dos ahí de pie.

–Naturalmente –dijo Tilo–. Es una falta de consideración por nuestra parte. Sonja y yo hemos actuado en circunstancias tan extrañas que nos hemos vuelto insensibles a las necesidades de los demás músicos.

Miró a su alrededor y se sentó junto al sendero, en un tramo de hierba que parecía segada, de espaldas a mí, de cara al paisaje. Sonja me animó con una sonrisa y se sentó a su lado. El hombre le pasó el brazo por los hombros, ella se apoyó en él y fue casi como si yo hubiera dejado de estar allí, como si estuvieran acaramelados y contemplando el paisaje rural del atardecer.

–Vale, allá va –dije, y acometí la canción con que solía iniciar las audiciones. Canté orientando la voz hacia el horizonte, pero sin dejar de mirar a Tilo y Sonja. No les veía la cara, pero que estuvieran tan quietos, abrazados y tranquilos me decía que les gustaba lo que estaban oyendo. Cuando terminé, se volvieron hacia mí con una sonrisa radiante y batiendo palmas que retumbaron entre las colinas.

–¡Fantástico! –dijo Sonja–. ¡Qué talento!

–Magnífico, magnífico –dijo Tilo.

Aquello me turbó un poco y fingí estar absorto en unos floreos. Cuando volví a levantar los ojos, seguían sentados en el suelo, pero habían girado sobre su eje para mirarme.

–¿Son ustedes músicos? –pregunté–. Quiero decir músicos *profesionales*.

–Sí –dijo Tilo–. Supongo que usted nos llamaría profesionales. Sonja y yo interpretamos a dúo. En hoteles, en restaurantes. En bodas, en fiestas. Por toda Europa, aunque nos gusta más trabajar en Suiza y en Austria. Nos ganamos así la vida, o sea que sí, somos profesionales.

–Pero, sobre todo –dijo Sonja–, tocamos porque creemos en la música. Y veo que a usted le ocurre lo mismo.

–Si dejara de creer en mi música –dije–, no volvería a tocar, así de sencillo. –Luego añadí–: La verdad es que me gustaría tocar profesionalmente. Debe de ser una buena vida.

–Ah, sí, es una buena vida –dijo Tilo–. Hemos sido muy afortunados por poder hacer lo que hacemos.

–Oigan –dije con algo de brusquedad–. ¿Fueron al hotel que les dije?

–¡Qué maleducados somos! –exclamó Tilo–. Nos hemos embriagado tanto con su música que hemos olvidado darle las gracias. Sí, fuimos allí y es exactamente lo que necesitamos. Por suerte, aún había habitaciones libres.

–Es exactamente lo que queríamos –dijo Sonja–. Gracias.

Fingí otra vez que me abstraía rasgando las cuerdas. Entonces dije, con toda la naturalidad que pude:

–Ahora que lo pienso, conozco otro hotel. Creo que es mejor que el Malvern Lodge. Creo que deberían trasladarse.

–Ah, pero estamos muy bien ahí –dijo Tilo–. Hemos deshecho el equipaje y, además, es exactamente lo que nos hace falta.

–Sí, pero... Bueno, es que antes, cuando me preguntó por un hotel, no sabía que fueran músicos. Pensé que eran banqueros o algo parecido.

Rieron a carcajadas, como si les hubiera contado un chiste genial.

–No –dijo Tilo–, no somos banqueros. ¡Aunque lo hemos deseado muchas veces!

–Lo que digo es que hay otros hoteles mucho mejor equipados –dije–, ya sabe, de estilo artístico. Cuando los desconocidos preguntan por un hotel, cuesta responder si no se sabe qué clase de personas son.

—Es usted muy amable preocupándose —dijo Tilo—. Pero, por favor, deje de hacerlo. El que nos aconsejó es perfecto. Además, la gente no es tan distinta. Banqueros, músicos, al final todos queremos lo mismo de la vida.

—Bueno, me parece que eso no es del todo verdad —dijo Sonja—. Ya ves que nuestro joven amigo no busca trabajo en un banco. Sus sueños son distintos.

—Puede que tengas razón, Sonja. De todos modos, el hotel en el que nos alojamos es suficiente.

Me incliné sobre las cuerdas, toqué otra breve frase para mí y durante unos segundos no habló nadie.

—¿Y qué música tocan ustedes? —pregunté.

Tilo se encogió de hombros.

—Sonja y yo tocamos juntos en un número con varios instrumentos. Los dos tocamos el teclado. A mí me gusta el clarinete. Sonia es una violinista muy buena y una cantante extraordinaria. Supongo que lo que más nos gusta es interpretar las canciones tradicionales suizas, pero con aires actuales. A veces con un aire que podría llamarse radical. Nos inspiramos en los grandes compositores que siguieron el mismo camino. Janacek, por ejemplo. El Vaughan William de ustedes.

—Bueno —dijo Sonja—, ahora no tocamos mucho esa música.

Se miraron con un asomo de tensión, al menos eso me pareció a mí. Tilo recuperó la sonrisa de siempre.

—Sí, como dice Sonja, en este mundo real, casi todo el tiempo tenemos que tocar lo que imaginamos que gusta más al público. Así que tocamos muchos éxitos discográficos. Beatles, Carpenters. Y canciones más recientes. Es totalmente satisfactorio.

—¿Y Abba? —Lo pregunté movido por un impulso, aunque lo lamenté al instante. Pero Tilo no pareció percibir ninguna burla.

—Sí, efectivamente, tocamos algo de Abba. «Dancing Queen». Ésa siempre nos sale bien. En realidad, canto un poco en «Dancing Queen», una pequeña parte armónica. Sonja le dirá que tengo una voz horrible. Por eso procuramos tocar esta canción sólo cuando los oyentes están en mitad de la comida, ¡para que no huyan!

Rompió a reír y Sonja rió también, aunque no tan fuerte. Un ciclista de fondo, vestido con una prenda negra y ceñida, como la de los hombres rana, pasó como una flecha junto a nosotros y durante unos momentos nos quedamos mirando su frenética y menguante figura.

—Yo estuve una vez en Suiza —dije al final—. Hace un par de veranos. En Interlaken. Estuve en un albergue juvenil de allí.

—Ah, sí, Interlaken. Hermoso lugar. Algunos suizos se burlan de él. Dicen que sólo es para turistas. Pero a Sonja y a mí siempre nos encanta tocar allí. En realidad, tocar en Interlaken en verano, al anochecer, para gente feliz de todo el mundo, es maravilloso. Espero que disfrutara de su estancia.

—Sí, fue genial.

—En Interlaken hay un restaurante en el que tocamos algunas noches todos los veranos. Para actuar nos ponemos bajo el toldo del restaurante, para ver las mesas, que lógicamente están fuera en verano. Y mientras tocamos, vemos a los turistas, que comen y hablan bajo las estrellas. Y detrás de los turistas hay un campo grande en el que durante el día aterrizan los parapentistas y por la noche se ilumina con las farolas que jalonan el Höheweg. Y si tiene buena vista, se ven los Alpes asomados al campo. Los contornos del Eiger, el Mönch, la Jungfrau. El clima es cálido y el aire se llena de nuestra música. Cuando estamos allí, pienso siempre que es un privilegio. Creo, sí, que es bueno dedicarse a esto.

—Y aquel restaurante –dijo Sonja–. El año pasado, el gerente quiso que vistiéramos ropa de época mientras tocábamos, a pesar de que hacía mucho calor. Era muy incómodo y dijimos: ¿qué más da?, ¿por qué tenemos que ponernos chaleco, bufanda y sombrero? En camisa estamos elegantes y muy suizos. Pero el gerente del restaurante nos dijo que o nos disfrazábamos o no tocábamos. Nosotros decidíamos, dijo, y se fue como si tal cosa.

—Pero, Sonja, eso ocurre en todos los trabajos. Siempre hay un uniforme, algo que el patrón quiere que te pongas. ¡A los banqueros les pasa lo mismo! Y, en nuestro caso, trabajamos en algo en lo que creemos. Cultura suiza. Tradición suiza.

Algo de naturaleza delicada volvió a revolotear entre ellos, pero fue sólo un par de segundos, transcurridos los cuales sonrieron con la vista clavada otra vez en la guitarra. Me pareció que debía decir algo y dije:

—Creo que eso me gustaría. Tocar en diferentes países. Debe de mantenerlo a uno despierto, realmente pendiente del público.

–Sí –dijo Tilo–, es bueno que toquemos para personas de todas clases. Y no sólo en Europa. En general, hemos acabado conociendo bien muchas ciudades.

–Düsseldorf, por ejemplo –dijo Sonja. Noté que su voz vibraba ahora de un modo algo distinto, con más dureza, y volví a ver al personaje que había conocido en la cafetería.

Tilo no pareció advertir nada y me dijo con despreocupación:

–Nuestro hijo vive actualmente en Düsseldorf. Tiene la edad de usted. Quizá un poco más.

–Fuimos a Düsseldorf a principios de año –dijo Sonja–. Teníamos un contrato para tocar allí. No es lo habitual, pero era una oportunidad para tocar nuestra auténtica música. Lo llamamos, llamamos a nuestro hijo, nuestro único hijo, para decirle que íbamos a su ciudad. No respondió al teléfono y le dejamos un mensaje. Le dejamos muchos mensajes. No hubo respuesta. Llegamos a Düsseldorf, le dejamos más mensajes. Le decíamos: ya estamos aquí, estamos en tu ciudad. Y nada. Tilo dice: no te preocupes, seguro que viene por la noche a nuestro concierto. Pero no apareció. Tocamos, nos fuimos a otra ciudad, a cumplir el siguiente contrato.

Tilo rió por lo bajo.

–¡Puede que Peter se hartara de oírnos tocar cuando era pequeño! Pobre criatura, nos oía ensayar día tras día.

–Supongo que es un poco complicado –dije–. Tener hijos y ser músicos.

–Nosotros sólo tuvimos uno –dijo Tilo–, así que

no fue tan malo. No, tuvimos mucha suerte. Cuando teníamos que viajar y no podíamos llevarlo con nosotros, sus abuelos se lo quedaban encantados. Y cuando Peter creció, pudimos enviarlo a un buen internado. Sus abuelos corrieron al rescate otra vez. Si no, no habríamos podido pagar el colegio, que era muy caro. Por eso digo que tuvimos mucha suerte.

–Sí, tuvimos mucha suerte –dijo Sonja–. Pero Peter detestaba el colegio.

El buen clima de antes estaba desapareciendo definitivamente. Para tratar de animarlos, dije:

–Bueno, de todos modos parece que los dos disfrutan realmente de su trabajo.

–Oh, sí, disfrutamos con nuestro trabajo –dijo Tilo–. Lo es todo para nosotros. Sin embargo, agradecemos mucho las vacaciones. ¿Sabe? Éstas son nuestras primeras vacaciones de verdad en tres años.

Aquello volvió a deprimirme. Pensé en seguir insistiendo para que cambiaran de hotel, pero me di cuenta de que resultaría ridículo. Bastaba con esperar a que la Bruja Fraser se mostrara realmente tal como era. Así que dije:

–Miren, si les parece bien, les tocaré la canción que estaba ensayando antes. No la he terminado y no suelo hacer esto. Pero como en cualquier caso han oído ya un fragmento, no me importa tocar lo que ya tengo compuesto.

La sonrisa volvió a la cara de Sonja.

–Sí –dijo–, por favor, tóquela. Sonaba de un modo maravilloso.

Me dispuse a tocar y volvieron a darse la vuelta,

para mirar el paisaje como antes, de espaldas a mí. Pero esta vez, en vez de abrazarse, se quedaron sentados con la espalda asombrosamente rígida, los dos con la mano en la frente para protegerse del sol. Estuvieron así todo el rato que toqué, raramente inmóviles, y como proyectaban sendas sombras alargadas, propias del atardecer, parecían esculturas expuestas. Interrumpí mi canción no terminada con un final sinuoso, pero mis oyentes estuvieron sin moverse unos momentos. Entonces se relajaron y aplaudieron, aunque quizá con menos entusiasmo que la vez anterior. Tilo se puso en pie murmurando elogios y ayudó a Sonja a levantarse. Sólo al ver aquellos detalles recordaba que eran personas realmente mayores. Puede que sólo estuvieran cansados. Por lo que había visto, podían haber dado un largo paseo antes de encontrarme. En cualquier caso, me parecía que les costaba demasiado levantarse.

–Ha sido un espectáculo maravilloso –dijo Tilo–. ¡Ahora nosotros somos los turistas y otros tocan para nosotros! Es un cambio agradable.

–Me gustaría oír la canción cuando esté terminada –dijo Sonja y pareció decirlo en serio–. Puede que un día la oiga por la radio. ¿Quién sabe?

–Sí –dijo Tilo–, ¡y Sonja y yo tocaremos una versión adaptada para nuestros clientes! –Su carcajada rasgó el aire. Hizo una educada inclinación de cabeza y añadió–: Así que hoy hemos contraído tres deudas con usted. Un almuerzo espléndido. Una espléndida recomendación hotelera. Y un concierto espléndido, ¡aquí, en las colinas!

Cuando ya nos despedíamos sentí deseos de contarles la verdad. Confesarles que los había mandado deliberadamente al peor hotel de los alrededores y aconsejarles que se trasladaran a otro mientras hubiera tiempo. Pero me estrecharon la mano con tanta efusividad que se me hizo muy cuesta arriba salir con aquello. Y muy pronto los dos bajaban ya la colina y yo estaba otra vez solo en el banco.

Cuando bajé de las colinas, la cafetería había cerrado ya. Maggie y Geoff parecían agotados. Maggie dijo que no recordaba un día con más trabajo, y parecía complacida por ello. Pero cuando Geoff lo comentó durante la cena –que tomamos en la cafetería con parte de las sobras–, lo enfocó desde un prisma negativo, por ejemplo que les habían obligado a trabajar una barbaridad ¿y dónde había estado yo en lugar de ayudarles? Maggie me preguntó cómo me había ido la tarde, pero, en vez de hablarle de Tilo y Sonja –me pareció que era complicarlo demasiado–, le dije que había subido al Sugarloaf para trabajar en la canción. Y cuando me preguntó si había hecho progresos y le dije que sí, que avanzaba ya a pasos agigantados, Geoff se levantó y se fue de mal humor, sin terminar la comida del plato. Maggie fingió no darse cuenta, pero Geoff volvió al cabo de unos minutos con una lata de cerveza y se sentó a leer el periódico sin decir prácticamente nada. No quise ser causa de ningún roce entre ellos, así que poco después murmuré una disculpa y me fui arriba, a seguir trabajando en la canción.

Mi habitación, fuente de inspiración a la luz del

día, no era tan atractiva cuando caía la noche. Para empezar, las cortinas no cerraban del todo, lo que significaba que si abría la ventana a causa del calor, los insectos de varios kilómetros a la redonda verían la luz y entrarían en tromba. Mi luz era una bombilla desnuda que colgaba del rosetón del techo y creaba sombras lúgubres que acentuaban el aspecto de cuarto de invitados que tenía la habitación. Aquella noche necesitaba luz para trabajar, para apuntar las letras que se me ocurrían. Pero hacía demasiado calor y al final apagué la luz, aparté las cortinas y abrí las ventanas. Y me senté en el mirador con la guitarra, como solía hacer durante el día.

Llevaba allí alrededor de una hora, ensayando ideas para el interludio, cuando llamaron a la puerta y se asomó Maggie. Todo estaba ya a oscuras, aunque fuera, en la terraza, había una luz de seguridad, así que veía su cara bañada por las sombras. Sonreía de manera extraña y por un momento pensé que iba a encargarme alguna faena. Entró sin más, cerró tras de sí y dijo:

—Lo siento, cariño. Pero Geoff está realmente cansado esta noche, ha trabajado mucho. ¿Y ahora me dice que quiere ver la película en paz?

Lo dijo así, como si fuera una pregunta, y tardé unos segundos en comprender que me estaba diciendo que dejase de tocar la guitarra.

—Pero es que estoy trabajando en algo importante —dije.

—Ya lo sé. Pero esta noche está realmente cansado y dice que no se puede relajar por culpa de la guitarra.

–Lo que Geoff necesita es darse cuenta –dije– de que así como él tiene un trabajo que hacer, yo tengo el mío.

Mi hermana pareció meditarlo. Dio un largo suspiro.

–No creo que deba decirle eso a Geoff.

–¿Por qué no? ¿Por qué no se lo dices? Ya es hora de que lo entienda.

–¿Que por qué no? Porque no creo que le haga gracia, por eso. Y la verdad es que no creo que acepte que su trabajo y el tuyo estén exactamente al mismo nivel.

Me quedé mirando a Maggie, totalmente estupefacto durante un momento.

–Dices tonterías. ¿Por qué dices esas tonterías?

Cabeceó con cansancio, pero no dijo nada.

–No entiendo por qué dices esas tonterías –proseguí–. Y precisamente cuando las cosas me van tan bien.

–¿Las cosas te van bien, cariño? –Tampoco ella dejaba de mirarme–. Bueno, está bien –dijo al final–. No voy a discutir. –Se volvió para abrir la puerta–. Baja y quédate con nosotros, si te apetece –dijo al marcharse.

Agarrotado de cólera, me quedé mirando la puerta que acababa de cerrarse. Percibí el rumor amortiguado del televisor de la planta baja, y a pesar de mi estado, una parte objetiva de mi cerebro me decía que debía descargar la furia no sobre Maggie, sino sobre Geoff, que había tratado sistemáticamente de desanimarme desde mi llegada. Sin embargo, estaba enfadado con ella. En todo el rato que había estado en la habitación ni una sola vez se le había ocurrido pedirme que tocara, como habían hecho Tilo y Sonja. ¿Verdad que no era esperar mucho de la propia hermana, de una hermana que, según recordé entonces, había sido entusiasta de la música en la adolescencia? Y allí la tenías, interrumpiéndome cuando estaba trabajando y diciéndome aquellas tonterías. Cada vez que recordaba cómo me había dicho «Está bien, no voy a discutir», volvía a invadirme la furia.

Me alejé del mirador, dejé la guitarra y me tendí en el colchón. Durante un ratito estuve mirando las sombras del techo. Empezaba a ver claro que me habían invitado a quedarme con engaño, que todo había sido para conseguir un ayudante barato en temporada alta, un idiota al que ni siquiera hubiese que pagar. Y mi hermana comprendía tanto la finalidad de mis afanes como el tarado de su marido. Merecían que los dejara plantados volviendo a Londres. Seguí dándole vueltas al asunto hasta que me calmé un poco, aproximadamente una hora más tarde, y me dije que ya era hora de dormir.

No les dirigí mucho la palabra cuando bajé, como de costumbre, después del ajetreo del desayuno. Me preparé una tostada, me serví café y unos huevos revueltos que habían sobrado y me senté en el rincón de la cafetería. Hasta que terminé de desayunar no hice más que pensar en la posibilidad de volver a coincidir con Tilo y Sonja, allá arriba en las colinas. Y aunque esto podía comportar un tirón de orejas por el establecimiento de la Bruja Fraser, me di cuenta de que esperaba que ocurriese. Además, aunque el hotel de la Bruja fuera realmente espantoso, no tenían por qué imaginar que se lo había recomendado con mala fe. Había mil formas de salir airoso.

Creo que Maggie y Geoff esperaban que los ayudara con el trasiego del almuerzo, pero me dije que necesitaban un escarmiento por no saber valorar a las personas. Así que, al acabar el desayuno, subí a la habitación, cogí la guitarra y salí por la parte de atrás.

Volvía a hacer calor y el sudor me bajaba por las mejillas mientras recorría el empinado sendero que conducía a mi banco. Aunque había pensado en Tilo y Sonja mientras desayunaba, ya me había olvidado de ellos, por eso me llevé una sorpresa cuando, al remontar la última cuesta, busqué el banco con la mirada y vi a Sonja sentada y sola. Me vio inmediatamente y me saludó.

Yo todavía recelaba un poco de ella y más sin Tilo en los alrededores, y no tenía muchas ganas de hacerle compañía. Pero entonces me sonrió con simpatía y se hizo a un lado en el banco, como para hacerme sitio, así que no hubo forma de escapar.

Cambiamos saludos y durante un rato estuvimos allí sentados, sin hablar. Al principio no pensé que fuera raro, por una parte porque aún estaba recuperando el aliento y por otra a causa de la vista. Había más niebla y nubes que el día anterior, pero si me concentraba, distinguía los Montes Negros, ya dentro de Gales. Soplaba el viento, pero no era desagradable.

–¿Dónde está Tilo? –pregunté al fin.

–¿Tilo? Ah... –Se cubrió los ojos con la mano y señaló–. Allí. ¿Lo ve? Allá lejos. Aquél es Tilo.

A cierta distancia vi una figura con algo que podía ser una camiseta verde y una gorra blanca. Subía por el empinado sendero que conducía a Worcestershire Beacon.

–Tilo quería pasear –dijo.

–¿No ha querido ir con él?

–No. He preferido quedarme.

Aunque ya no era en absoluto la irritada cliente de la cafetería, tampoco era totalmente la señora de la víspera que me había animado con tanta cordialidad. Estaba claro que había surgido otra cosa y empecé a preparar mi defensa en el caso de la Bruja Fraser.

–Por cierto –dije–, he trabajado otro poco en la canción. Se la puedo tocar, si quiere.

Se lo pensó y dijo:

–Si no le importa, en este preciso momento no. Compréndame, Tilo y yo acabamos de tener unas palabras. Podríamos llamarlo discusión.

–Ah, vale. Lo lamento.

–Y se ha ido a dar un paseo.

Estuvimos otro momento sin decir nada. Suspiré y dije:

–Pienso que a lo mejor es por mi culpa.

Se volvió a mirarme.

–¿Culpa suya? ¿Por qué dice eso?

–El motivo por el que se han peleado, el motivo de que sus vacaciones se hayan echado a perder. Es culpa mía. Es por el hotel, ¿no? No vale gran cosa, ¿verdad?

–¿El hotel? –Parecía desconcertada–. El hotel. Bueno, tiene algunos puntos flojos. Pero es un hotel como muchos otros.

–Pero se dieron cuenta, ¿verdad? Se dieron cuenta de los puntos flojos. Sería imposible no darse cuenta.

Pareció reflexionar al respecto y asintió con la cabeza.

–Es cierto, me di cuenta de los puntos flojos. Tilo, en cambio, no. Tilo pensó que el hotel era magnífico. No dejaba de decir que teníamos mucha suerte. Mucha suerte por encontrar un hotel así. Esta mañana hemos ido a desayunar. Para Tilo es un desayuno de primera, el mejor desayuno que ha probado. Yo le digo: Tilo, no seas tonto. No es un buen desayuno. No es un buen hotel. Él dice: no, no, tenemos mucha suerte. Entonces me enfado. Le digo a la propietaria todo lo que estaba mal. Tilo me lleva fuera. Demos un paseo, dice. Te sentirás mejor. Y vinimos aquí. Y me dice: Sonja, mira las colinas, ¿verdad que son hermosas? ¿No somos afortunados por venir de vacaciones a un lugar así? Dice: estas colinas son mucho más maravillosas de lo que imaginaba escuchando a Elgar. ¿No es así?, me pregunta. Creo que volví a enfadarme. Le digo: estas colinas no son maravillosas. No es lo que imagino cuando oigo música de Elgar. Las colinas de Elgar son majestuosas y misteriosas. Esto es sólo una especie de parque. Esto es lo que le digo y entonces le toca a él enfadarse. Dice que en tal caso paseará solo. Dice que hemos terminado, que ya no estamos de acuerdo en nada. Sí, Sonja, me dice, tú y yo hemos terminado. ¡Y va y se marcha! Así están las cosas. Por eso está él allí arriba y yo aquí abajo. –Volvió a cubrirse los ojos con la mano para observar la ascensión de Tilo.

–Lo siento de veras –dije–. Ojalá no les hubiera enviado a ese hotel...

–Por favor. El hotel no importa. –Adelantó la cabeza para ver mejor a Tilo. Se volvió con una sonrisa y me pareció que había asomos de lágrimas en sus ojos–. Dígame –añadió–. ¿Tiene intención de componer hoy más canciones?

–Ésa es la idea. Por lo menos quiero terminar la que tengo entre manos. La que oyó ayer.

–Ésa era hermosa. ¿Y qué hará cuando termine de componer canciones aquí? ¿Ha pensado algo?

–Volveré a Londres y formaré una banda. Son canciones que necesitan la banda indicada o no resultarán.

–Es emocionante. Le deseo suerte.

–Falta me hace –dije al cabo de un momento–. Es difícil, no crea.

No respondió y pensé que no me había oído, porque se había vuelto para mirar hacia la ladera montañosa.

–¿Sabe? –dijo al final–, cuando era joven, no me enfadaba por nada. Pero ahora me enfado por muchas cosas. No sé por qué me he vuelto así. No es bueno. En fin, no creo que Tilo tenga intención de volver. Iré al hotel y le esperaré allí. –Se levantó con la mirada todavía pendiente de la lejana figura marital.

–Es una pena –dije, levantándome también–, pelearse en vacaciones. Ayer, cuando toqué para ustedes, parecían muy felices juntos.

–Sí, fue un buen momento. Gracias a usted. –De súbito me tendió la mano, sonriendo con cordialidad–. Ha sido un placer conocerle.

Se la estreché con el flojo apretón que suele darse a las mujeres. Se alejó, se detuvo y se volvió.

–Si Tilo estuviera aquí –dijo– le diría que no se desanime nunca. Le diría: naturalmente que debe ir a Londres y formar su propia banda. Naturalmente que tendrá éxito. Eso es lo que le diría Tilo. Porque él es así.

–¿Y qué diría *usted?*

–Le diría lo mismo. Porque es joven y tiene talento. Pero no estoy tan segura. La vida ya nos trae muchos desengaños por sí sola. Si encima tiene esos sueños... –Sonrió y se encogió de hombros–. Pero no debería decirle estas cosas. No soy buen ejemplo para usted. Además, me doy cuenta de que usted se parece más a Tilo. Si hay decepciones, seguirá adelante a pesar de todo. Dirá usted: al igual que él, tengo mucha suerte. –Me miró durante unos segundos, como si quisiera memorizar mis rasgos. La brisa le agitó el pelo, añadiendo años a los que ya tenía–. Le deseo mucha suerte –dijo.

–Y yo a usted –dije–. Y espero que hagan las paces.

Se despidió agitando la mano, bajó por el sendero y la perdí de vista.

Saqué la guitarra de la funda y me senté en el banco. Durante un rato no toqué, porque estaba mirando a la lejanía, hacia Worcestershire Beacon y la diminuta figura de Tilo en la pendiente. Puede que fuera porque el sol daba en aquella parte de la colina, pero ahora lo veía con más claridad que antes, aunque estaba más lejos. Se había detenido en el sendero y parecía mirar las cumbres que le rodeaban, como si las juzgara con otros ojos. La figura volvió a ponerse en movimiento.

Trabajé en la canción unos minutos, pero no podía concentrarme, sobre todo porque pensaba en la cara que había tenido que poner la Bruja Fraser cuando Sonja le leyó la cartilla aquella mañana. Luego miré las nubes, y el campo que había a mis pies, y me esforcé por volver a la canción y al interludio que no acababa de salirme.

Nocturno

Lindy Gardner fue mi vecina hasta hace dos días. Sí, seguro que piensan que si Lindy Gardner era mi vecina, eso significa probablemente que vivo en Beverly Hills y que soy productor de cine, o actor, o músico. Pues sí, soy músico. He tocado a la sombra de algún intérprete de nombre conocido, pero no soy lo que podría llamarse una figura de primera fila. Mi mánager, Bradley Stevenson, que durante años ha sido a su manera un buen amigo, sugiere que estoy hecho para figurar en primera fila. No sólo por temporadas, sino como estrella permanente. No es cierto que los saxofonistas serios ya no puedan ser estrellas, dice, y repite una lista de nombres. Marcus Lightfoot. Silvio Tarrentini. Son músicos de jazz, le señalo. «¿Y qué eres tú sino músico de jazz?», dice. Pero sólo en mis sueños más privados sigo siendo un músico de jazz. En el mundo real –cuando no tengo la cara vendada como ahora– sólo soy un saxo tenor que recibe ofertas ocasionales para trabajos eventuales en estudios o en una banda que se ha quedado sin el tipo habitual. Si quieren pop, les toco pop. ¿Rhythm and blues? Pues adelante. Anuncios de coches, la música de fondo de un programa de entrevistas, pues lo hago. En estos tiempos sólo soy músico de jazz cuando estoy en mi cubículo.

Preferiría tocar en la sala, pero los tabiques son tan frágiles que se quejan los vecinos de todo el pasillo. Lo que he hecho es convertir la habitación más pequeña en gabinete de ensayo. En realidad no es más que un cuarto ropero –cabe una silla de oficina y se acabó–, pero la he insonorizado con gomaespuma, bandejas de huevos y viejos sobres acolchados que Bradley, mi mánager, me enviaba desde el despacho. Cuando Helen, mi mujer, vivía conmigo y me veía entrar allí con el saxo, se echaba a reír y decía que era como ir al retrete, y a veces venía a ser eso. Quiero decir que era sentarse en aquel oscuro cubículo sin ventilación para hacer cosas personales que nadie podía hacer por mí.

Ya habrán adivinado que Lindy Gardner no vivía cerca de la casa de la que hablo. Tampoco estaba ella entre los vecinos que aporreaban mi puerta cada vez que tocaba fuera del cubículo. Cuando dije que fue mi vecina quería decir otra cosa, que paso a explicar inmediatamente.

Hasta hace dos días, Lindy Gardner estuvo hospedada en la habitación contigua de este hotel para pijos en que estoy ahora y, al igual que yo, con la cara totalmente vendada. Lindy, no faltaría más, tiene cerca una casa grande y confortable, así que el doctor Boris le permitió irse. En realidad, desde un punto de vista estrictamente médico, habría podido irse antes, pero había otros factores por medio. Por ejemplo, en su casa le costaría mucho esconderse de las cámaras y de los periodistas de cotilleos. Además, tengo la corazonada de que la reputación estelar del doctor Boris se basa en procedimientos que no son legales al ciento por ciento, por eso esconde a sus pacientes en esta planta secreta del hotel, aislados del servicio habitual y de los demás huéspedes y con orden de no salir de las habitaciones, salvo cuando sea absolutamente necesario. Si viéramos a través de las paredes, localizaríamos aquí más estrellas en una semana que en el Chateau Marmont durante todo un mes.

¿Y qué hace un chico como yo en este lugar, entre estrellas y millonarios, y con la cara cambiada por el gran jefe de la tribu? Supongo que todo empezó por culpa de mi mánager, Bradley, que tampoco es figura de primera fila y se parece a George Clooney tanto como yo. Fue él quien lo mencionó hace unos años, en son de broma, pero cada vez que lo traía a colación su actitud era más seria. Lo que en suma me estaba diciendo es que yo era feo. Y que por eso no era figura de primera fila.

—Fíjate en Marcus Lightfoot —dijo—. Fíjate en Kris Bugoski. O en Tarrentini. ¿Tienen ese sonido que te caracteriza a ti? No. ¿Tienen tu ternura? ¿Tu concepción de las cosas? ¿Tienen aunque sea la mitad de tu técnica? No. Pero tienen buen aspecto y no les cierran las puertas.

—¿Y qué hay de Billy Fogel? —dije—. Es feo como el demonio y le va estupendamente.

—Billy es feo con avaricia. Pero es sexy, un pícaro feo. Pero tú, Steve, tú eres..., en fin, tú eres un feo con mala sombra. De los feos que no triunfan. Escucha, ¿has pensado alguna vez en someterte a una operación? Quiero decir de cirugía estética.

Fui a casa y se lo repetí a Helen palabra por palabra, porque pensaba que lo encontraría tan divertido como yo. Y al principio, en efecto, nos reímos un montón a costa de Bradley. Y Helen se me acercó, me rodeó con los brazos y me dijo que, al menos para ella, yo era el hombre más guapo del universo. Entonces se apartó un poco y se quedó callada, y cuando le pregunté qué ocurría, me dijo que no ocurría nada. Luego dijo que cabía la posibilidad, sólo la posibilidad, de que Bradley tuviera razón. Puede que *debiera* considerar lo de operarme.

—¡No hace falta que pongas esa cara! —me gritó—. Todo el mundo lo hace. Y tú, tú tienes un motivo *profesional*. Quien quiere conducir un coche lujoso, se compra un coche lujoso. Lo tuyo no es distinto.

En aquella etapa no quise prestar más atención al asunto, aunque empezaba a aceptar la idea de que era «de los feos que no triunfan». Entre otras cosas, no tenía mucho dinero. En realidad, en el momento en que Helen hablaba de comprar coches de fantasía, debíamos nueve mil quinientos dólares. Era característico de Helen. Una persona excelente en muchos aspectos, pero aquella tendencia suya a olvidar por completo la verdadera situación de nuestra economía y ponerse a soñar con oportunidades grandiosas y costosas, aquella tendencia era muy de Helen.

Dinero aparte, no me gustaba la idea de que alguien me cortase la cara. Tolero mal esas cosas. Una vez, al principio de mi relación con Helen, me invitó a hacer footing con ella. Era invierno, hacía frío aquella mañana y lo de correr nunca se me ha dado bien, pero me tenía sorbido el seso y quería causarle buena impresión. Así que nos pusimos a correr alrededor del parque, y yo iba a buen paso, a la altura de ella, pero entonces tropecé con algo que sobresalía del suelo. Sentí un dolor instantáneo en el pie, que no era muy intenso, pero cuando me quité el zapato y el calcetín, y vi la uña del dedo gordo levantada, separada de la carne, como si estuviera haciendo el saludo hitleriano, sentí un mareo y me desmayé. Así soy yo. Como es fácil de entender, no me moría por operarme.

Luego, como es natural, había una cuestión de principios. Vale, ya he dicho que no soy un purista en la cuestión de la integridad artística. Toco cualquier música pachanguera por dinero. Pero la propuesta quirúrgica era de otro orden y aún me quedaba un poco de orgullo. Bradley tenía razón en una cosa: yo tenía el doble de talento que la mayoría de los que había en la ciudad. Pero, al parecer, esto contaba poco en los tiempos que corrían. Lo que importaba tenía que ver con la imagen, con la comercialidad, con salir en revistas y programas de televisión, con fiestas y con quién vas a comer. A mí todo esto me daba náuseas. Yo era músico, ¿por qué tenía que participar en aquel juego? ¿Por qué no podía limitarme a tocar música del mejor modo que sabía y a seguir perfeccionándome, aunque sólo fuera en mi cubículo, hasta que tal vez un día, sólo tal vez, los amantes de la música auténtica me oyeran y valorasen lo que hacía? ¿Para qué quería yo una operación de cirugía estética?

Helen pareció entender mis argumentos al principio y durante un tiempo no hablamos del asunto. Es decir, hasta que me llamó desde Seattle para decirme que me dejaba y se iba con Chris Prendergast, un tío al que conocía desde el bachillerato y que ahora era propietario de una cadena de hamburgueserías repartidas por todo el estado de Washington. Con el paso de los años vi unas cuantas veces al tal Prendergast —incluso cenó en casa una noche—, pero jamás habría sospechado una cosa así.

—Esa insonorización que has puesto en tu despensa —dijo Bradley al saberlo—. Funciona en los dos sentidos.

Supongo que tenía razón.

Pero no quiero entretenerme con Helen y Prendergast más que lo imprescindible para explicar qué tienen que ver con mi estancia en este lugar. Puede que alguien imagine que tomé la carretera de la costa, me enfrenté a la pareja de tórtolos y tras un viril altercado con mi rival se impuso la cirugía estética. Romántico, pero no, no sucedió de este modo.

Lo que ocurrió fue que, unas semanas después de la llamada, Helen reapareció para llevarse sus pertenencias. Parecía triste mientras recorría la casa donde, al fin y al cabo, habíamos vivido temporadas felices. Me pareció que estaba a punto de llorar, pero no lo hizo y siguió acumulando cosas en montones perfectos. Pasarán a recogerlo todo dentro de un par de días, dijo. Luego, al dirigirme al cubículo, saxo en mano, me miró y dijo con voz serena:

—Steve, por favor. No vuelvas a ese sitio. Tenemos que hablar.

—¿De qué?

—Steve, por el amor de Dios.

Dejé el saxo en el estuche, fuimos a la pequeña cocina y nos sentamos frente a frente. Entonces me lo dijo.

No tenía intención de echarse atrás. Era feliz con Prendergast, de quien estaba prendada desde el instituto. Pero se sentía mal por dejarme, sobre todo en un momento en que no me iba bien en el trabajo. Así que había recapacitado, había hablado con el nuevo novio y también él se había entristecido por mí. Al parecer, lo que había dicho era: «Lástima que Steve tenga que pagar el precio de toda nuestra felicidad.» El trato era éste. Prendergast estaba dispuesto a costearme un arreglo de cara con el mejor cirujano de la ciudad.

—Es cierto —dijo Helen cuando vio mi expresión impávida—. Lo dice en serio. No reparará en gastos. Todas las facturas del hospital, la convalecencia, todo. El mejor cirujano de la ciudad.

Una vez que me arreglasen la cara, nada podría detenerme, dijo. Iría derecho a la cumbre, ¿cómo podía ser de otro modo, con mi talento?

—Steve, ¿por qué me miras así? Es una gran oportunidad. Y sólo Dios sabe si dentro de seis meses estará tan predispuesto. Di que sí ahora y te harás un gran favor a ti mismo. Sólo son unas semanas de molestias y, luego, ¡zuuuum! ¡Una odisea en el espacio!

151

Quince minutos después, cuando ya se iba, me dijo con más seriedad:

–Entonces, ¿qué dices? ¿Que serás feliz tocando el resto de tu vida dentro del ropero? ¿Que en el fondo te gusta ser un perdedor? –Y, diciendo esto, se marchó.

Al día siguiente fui a la oficina de Bradley, por si tenía algo para mí, y le comenté por casualidad lo que había ocurrido, para reírnos un rato. Pero no se rió.

–¿El tío es rico? ¿Y está dispuesto a costearte un cirujano de primera? Seguro que te remite a Crespo. O a Boris.

Así que también Bradley se puso a decirme que debía aprovechar la ocasión, porque si no lo hacía sería un perdedor toda mi vida. Salí de la oficina muy enfadado. Me telefoneó aquella misma tarde y siguió con lo mismo. Si lo que me reprimía era llamar, dijo, si era el bofetón a mi orgullo que representaba buscar un teléfono y decir a Helen: sí, por favor, quiero hacerlo, por favor, dile a tu novio que firme el cheque, si era eso lo que me retenía, entonces él, Bradley, se encargaría de hacer las gestiones en mi nombre, con muchísimo gusto. Le dije que se sentara en un clavo y colgué. Pero una hora después volvió a llamar. Me dijo que lo sabía todo y que era un necio por no haberlo hecho ya.

–Helen lo ha planeado minuciosamente. Piensa en su situación. Te quiere. Pero, desde la perspectiva del aspecto, pasa vergüenza cuando os ven en público. No resultas excitante. ¿Qué quieres que haga? El paso que va a dar es fantástico. Lleno de sutileza. Como representante profesional, no puedo menos de admirarlo. Se va con ese tío. Muy bien, puede que siempre haya estado colada por él, pero en el fondo no le quiere. Se va con él para pagarte a ti la cara. Cuando cicatricen las heridas, seguro que vuelve, serás guapo y estará sedienta de tu cuerpo, arderá en deseos de que la vean contigo en los restaurantes...

Le interrumpí para señalarle que aunque con el tiempo me había acostumbrado a las honduras en las que se metía cuando quería convencerme de que hiciera algo que le beneficiaba a él, su última estratagema había llegado tan bajo que ni la luz alcanzaba aquellas profundidades y hasta las boñigas humeantes se congelaban allí en cuestión de segundos. Y ya que hablábamos de caca, le dije que aunque entendía que él, por su propia naturaleza, no pudiera dejar de removerla, sería mejor estrategia por su parte proponerme algo que durante un par de minutos por lo menos me diera una oportunidad laboral. Y volví a colgarle.

Durante las semanas siguientes el trabajo escaseó más que nunca y cada vez que llamaba a Bradley para saber si había algo, me decía: «Cuesta ayudar a un tipo que no se ayuda a sí mismo» o algo parecido. Al final me puse a enfocar toda la cuestión de un modo más pragmático. No podía soslayar el hecho de que necesitaba comer. Y si pasar por aquello significaba que al final mi música llegaría a más gente, no sería tan mal negocio. ¿Y mi plan de liderar algún día una banda propia? ¿Con qué medios iba a hacerlo realidad?

Finalmente, unas seis semanas después de que Helen me lo propusiera, mencioné casualmente a Bradley que me lo estaba pensando. No necesitó más. Se puso a hacer llamadas y a concertar encuentros, gritando mucho y poniéndose nervioso. Para hacerle justicia, cumplió su palabra: se encargó de todos los trámites y no tuve que sostener ninguna conversación humillante con Helen y menos con Prendergast. A veces, Bradley se las arreglaba para crear la ilusión de que me estaba negociando un contrato, de que era yo quien tenía algo que ofrecer. Aun así, todos los días tenía momentos de duda. Cuando sucedió, sucedió de repente. Bradley me llamó para decirme que el doctor Boris había cancelado una cita a última hora y que me presentase en una dirección concreta a las tres y media de aquella misma tarde, con el equipaje hecho. Puede que estuviera nervioso por la llegada del momento, porque recuerdo que Bradley me gritó que me calmase, que él mismo pasaría a recogerme, y cuando me di cuenta estaba en el coche, subiendo por carreteras sinuosas, hasta que llegamos a una casa inmensa de las colinas de Hollywood y me pusieron anestesia, como si fuera un personaje de Raymond Chandler.

Dos días después me trajeron aquí, a este hotel de Beverly Hills, por la puerta de atrás y al amparo de la noche, y me transportaron por este pasillo, tan exclusivo que estamos totalmente aislados de la vida cotidiana del hotel.

La primera semana me dolía la cara y la anestesia que tenía en el organismo me revolvía el estómago. Tenía que dormir apoyado en varias almohadas, lo que quiere decir que dormí muy poco, y como la enfermera se empeñaba en que la habitación estuviera siempre a oscuras, perdí la noción del tiempo y de la hora del día que era. A pesar de todo, no me sentía mal del todo. En realidad, me sentía alegre y optimista. Tenía una confianza absoluta en el doctor Boris, que al fin y al cabo era un tipo en cuyas manos depositaban su futuro profesional las estrellas de cine. Además, estaba seguro de que conmigo había realizado su obra maestra; de que al ver mi cara de perdedor, se le habían despertado las ambiciones más hondas, había recordado los orígenes de su vocación y había volcado toda su ciencia en mí. Cuando me quitaran las vendas, esperaba ver un rostro esculpido con pulcritud, ligeramente salvaje, pero lleno de matices. Al fin y al cabo, un tipo de su reputación había tenido que investigar escrupulosamente las necesidades de un músico de jazz serio y no confundirlas, por ejemplo, con las de un presentador de televisión. Puede que incluso hubiera añadido algo que me diera un aire vagamente angustiado, como el del joven De Niro o el de Chet Baker antes de caer víctima de la droga. Pensé en el álbum de los álbumes que prepararía, en los grupos que contrataría para acompañarme. Me sentía victorioso y no podía creer que hubiera vacilado en dar aquel paso.

Luego llegó la segunda semana, el efecto de los medicamentos desapareció y me sentí deprimido, solo y envilecido. Gracie, la enfermera, dejaba ahora entrar un poco más de luz, aunque subía las persianas sólo a medias, y me permitía pasear por la habitación en bata. Así que ponía un compacto tras otro en el equipo Bang & Olufsen y daba vueltas y más vueltas por la estancia, deteniéndome de vez en cuando delante del espejo del tocador para inspeccionar la extraña expresión de monstruo vendado que veía por las ranuras de los ojos.

Fue durante esta fase cuando Gracie me dijo que Lindy Gardner estaba en la habitación contigua. Si me hubiera comunicado la noticia en la fase de euforia, la habría recibido con placer. Incluso la habría tomado por un primer signo de la vida de esplendor a la que ahora estaba destinado. Pero como me lo contó cuando me estaba hundiendo en el hoyo, saberlo me dio tanto asco que volví a tener arcadas. Si me lee alguno de los muchos admiradores de Lindy, pido perdón por lo que viene. Pero el caso es que si había alguien en aquel momento que simbolizara para mí todo lo que había de superficial y despreciable en el mundo, era Lindy Gardner: un personaje sin talento —sí, afrontémoslo, ha *demostrado* con hechos que no sabe actuar y ni siquiera finge tener dotes musicales—, pero que de todos modos se las ha arreglado para ser célebre y para que se la disputen las cadenas de televisión y las revistas de famosos que nunca se hartan de sus sonrientes facciones. Aquel mismo año había pasado por delante de una librería y al ver la cola de la puerta me había preguntado si andaría por allí Stephen King o alguien parecido, y resultó que era Lindy, que estaba firmando ejemplares de su autobiografía más reciente, escrita por un negro. ¿Y cómo había conseguido todo aquello? Por el procedimiento habitual, como es lógico. Los líos amorosos más convenientes, los matrimonios más convenientes, los divorcios más convenientes. Todos orientados hacia las portadas de las revistas más convenientes, hacia los programas de entrevistas más convenientes, y cosas como el espacio aquel que había tenido hasta hacía poco, no recuerdo el nombre, en el que daba consejos sobre cómo vestirse para la primera gran cita después del divorcio, o sobre qué hacer cuando se sospecha que el marido es homosexual, y cosas por el estilo. La gente habla de su «calidad de estrella», pero ese encanto es fácil de explicar. Es el producto bruto de sus apariciones en televisión y en portadas de revista, de todas las fotos en que la hemos visto en estrenos y en fiestas, del brazo de gente legendaria. Y ahora la tenía allí, en la habitación de al lado, recuperándose, como yo, de un arreglo facial hecho por el doctor Boris. Ninguna otra noticia habría ejemplificado mejor el nivel de mi degradación moral. Una semana antes yo era músico de jazz. Ahora sólo era un lastimoso buscavidas como cualquier otro, que se había arreglado la cara para arrastrarse detrás de las Lindy Gardner de este mundo, en pos de una fama vacía.

Los días siguientes me esforcé por entretenerme leyendo, pero no me podía concentrar. Sentía unas partes de la cara en carne viva, por debajo del vendaje, otras me picaban a rabiar, y a veces me entraban sofocos y ataques de claustrofobia. Echaba de menos el saxo, y la idea de que pasarían semanas hasta que fuera capaz de controlar los músculos faciales me abatía aún más. Al final averigüé que la mejor forma de pasar el día era alternar la audición de discos con el es-

157

tudio de mis hojas de papel pautado; tenía conmigo la carpeta de gráficos y partituras para solista con que trabajaba en el cubículo y con ellas delante tarareaba improvisaciones.

A finales de la segunda semana, cuando empezaba a notarme un poco mejor tanto física como mentalmente, la enfermera me entregó un sobre con una sonrisa de complicidad.

—No se reciben estas cosas todos los días —dijo.

Dentro había una hoja con membrete del hotel, y como la tengo aquí mismo, la reproduciré tal como está escrita:

> Gracie dice que está usted harto de la gran vida. Yo también me siento así. ¿Y si viene a verme? ¿Las cinco de esta tarde es demasiado temprano para tomar un cóctel? El doctor B dice que nada de alcohol, de todos modos le espero. Nos contentaremos con gaseosa y agua mineral. ¡Maldito sea el doctor! Hasta las cinco o me dejará desolada. Lindy Gardner.

Puede que fuera porque me moría ya de aburrimiento; o porque me estaba animando otra vez; o porque la idea de cambiar anécdotas con otra alma prisionera me resultaba muy atractiva. O porque no era tan inmune a lo del glamour. El caso es que, a pesar de los pesares, cuando leí aquello sentí un cosquilleo de excitación por Lindy Gardner y sin pensármelo dos veces le dije a Gracie que comunicase a Lindy que estaría allí a las cinco.

Lindy Gardner tenía más vendas que yo. Yo por lo menos tenía descubierta la parte superior, donde el pelo me brotaba como palmeras en un oasis del desierto. Pero Boris le había vendado totalmente la cabeza, que tenía forma de coco y ranuras para los ojos, la nariz y la boca. Qué habría sido de su abundante cabellera rubia era un misterio para mí. Su voz, sin embargo, no parecía tan sofocada como se habría esperado y la reconocí por las veces que la había visto en televisión.

–¿Qué le parece todo esto? –preguntó. Cuando respondí que no me parecía del todo malo, dijo–: Steve. ¿Puedo llamarte Steve? Lo sé todo de ti, por Gracie.

–¿Ah? Espero que haya omitido lo peor.

–Bueno, sé que eres músico. Y que te estás promocionando, además.

–¿Eso dijo Gracie?

–Steve, estás tenso. Quiero que te relajes cuando estés conmigo. Tú sabes que a algunos famosos les gusta que el público que les rodea se ponga nervioso. Les hace sentirse importantes. Pero yo detesto eso. Quiero que me trates como si fuéramos amigos habituales. ¿Qué me decías? Decías que esto no te afectaba mucho.

Su habitación era sensiblemente mayor que la mía, y sólo era el salón de su suite. Estábamos sentados en sendos sofás a ambos lados de una mesa de centro, tirando a baja y con un tablero de cristal ahu-

mado a través del cual entreví el madero rústico en
que se apoyaba. Encima había revistas de cotilleos y
una cesta de fruta todavía envuelta en celofán. Al
igual que yo, tenía la refrigeración a tope –las vendas
daban calor– y las persianas ocultaban casi por completo el cielo del atardecer. Una camarera me había
servido un vaso de agua y un café, los dos con pajita
–aquí lo sirven todo así–, y acababa de irse.

Para responder a su pregunta le conté que lo que
más me hacía sufrir era no poder tocar el saxo.

–Pero está claro por qué no te lo permite Boris
–dijo–. Imagínatelo. Si tocas el instrumento un día
antes de estar listo, la habitación se llenará de pedaci-
tos flotantes de tu cara.

La idea le produjo un ataque de risa, y daba ma-
notazos al aire, hacia mí, como si la gracia la hubiera
contado yo y me estuviera diciendo: «¡Basta, eres in-
corregible!» Yo reí con ella y di un sorbo al café con la
pajita. Luego me habló de personas a las que conocía
y que se habían operado recientemente, de lo que le
habían contado y de cosas graciosas que les habían sucedido. Todas las personas que conocía o eran famosas o estaban casadas con alguien famoso.

–Así que eres saxofonista –dijo, cambiando brus-
camente de conversación–. Buena elección. Es un instrumento maravilloso. ¿Sabes qué les digo a todos los
saxofonistas jóvenes? Les digo que escuchen a los viejos profesionales. Yo conocí a uno, uno que también
se estaba promocionando y que sólo escuchaba a gente rara. Wayne Shorter y gente así. Le dije: aprenderás
más de los viejos profesionales. Puede que no fueran

160

muy innovadores, le dije, pero aquellos viejos profesionales conocían la técnica. Steve, no te importará que te ponga algo, ¿verdad que no? Es para que veas de qué hablo.

–No, no me importa. Pero señora Gardner...

–Por favor. Llámame Lindy. Aquí somos iguales.

–Está bien. Lindy. Yo sólo quería decir que no soy tan joven. En realidad, estoy a punto de cumplir los treinta y nueve.

–¿De veras? Bueno, a esa edad aún se es joven. Pero tienes razón, pensé que eras mucho más joven. Con estas mascarillas que nos ha puesto Boris es difícil adivinarlo, ¿no crees? Por lo que me contaba Gracie, pensaba que serías un chico que se estaba promocionando y que tus padres te habían pagado la cirugía para lanzarte al estrellato. Perdona, ha sido culpa mía.

–¿Gracie dijo que me estaba «promocionando»?

–No la tomes con ella. Me dijo que eres músico y le pregunté cómo te llamabas, y como yo no conocía tu nombre, ella dijo: «Eso es porque se está promocionando.» Eso es todo. Eh, escucha, ¿qué importa la edad que tengas? Siempre aprenderás de los viejos profesionales. Quiero que oigas esto. Lo encontrarás interesante.

Se acercó a un mueble y eligió un CD.

–Te gustará –añadió–. Tiene un saxo perfecto.

El equipo de habitación era un sistema Bang & Olufsen, como el mío, y el lugar no tardó en llenarse con una catarata de cuerdas. Al cabo de unos compases irrumpió un tenor soñoliento, estilo Ben Webster, y se puso en cabeza de la orquesta. Quien no supiera mucho de estas cosas habría podido tomarlo por una de aquellas introducciones que hacía Nelson Riddle para Sinatra. Pero la voz que se oyó al final era de Tony Gardner. La canción –acabo de acordarme– era «Back at Culver City», una balada que nunca pegó del todo y que apenas ya nadie canta. Todo el tiempo que cantó Tony, el saxo estuvo con él, replicándole estrofa tras estrofa. El concepto general era totalmente previsible y un poco almibarado.

Al cabo del rato, sin embargo, dejé de prestar atención a la música porque Lindy se había puesto delante de mí, bailando lentamente al compás de la melodía, sumida en una especie de sueño. Se movía con soltura y elasticidad –se notaba que no se había hecho la cirugía en ninguna otra parte del cuerpo–, y tenía una figura esbelta y bien formada. Llevaba algo que parecía una mezcla de camisón de hospital y traje de fiesta, es decir que tenía un aire médico y fastuoso a la vez. Además, trataba de asociar algunas ideas. Yo estaba convencido de que Lindy se había divorciado hacía poco de Tony Gardner, pero como soy un negado para los chismes del mundo del espectáculo, empecé a sospechar que estaba confundido. Si no, ¿por qué bailaba de aquel modo, abandonada a la música, y disfrutando a ojos vistas?

Tony Gardner dejó de cantar un momento, las cuerdas crecieron para pasar al interludio y el pianista acometió un solo. Lindy volvió entonces a este planeta. Dejó de contonearse, apagó la música con el mando a distancia y volvió a sentarse al otro lado de la mesa de centro.

162

–¿Verdad que es maravilloso? ¿Ves lo que quiero decir?

–Sí, es hermoso –dije, aunque no sabía si seguíamos hablando sólo del saxo.

–Por cierto, no te ha engañado el oído.

–¿Perdona?

–El cantante. Era el que pensabas. Que ya no sea mi marido no significa que no pueda poner sus discos, ¿verdad?

–No, claro que no.

–Y el saxofón es bonito. ¿Entiendes ahora por qué quería que lo oyeras?

–Sí, ha sido hermoso.

–¿Hay discos tuyos en circulación? Quiero decir, grabaciones tuyas.

–Claro. Casualmente tengo unos cuantos compactos en la habitación.

–La próxima vez que vengas, tráetelos, querido. Quiero oír cómo tocas. ¿Lo harás?

–De acuerdo, si no te resulta aburrido.

–No, no me aburrirán. Espero que no me tomes por una entrometida. Tony solía decirme que lo era, que debería dejar en paz a la gente, pero yo creo que era un poco clasista. Muchos famosos piensan que sólo deben interesarse por otros famosos. Yo nunca he sido así. Para mí, todo el mundo es un amigo en potencia. Fíjate en Gracie. Es amiga mía. Todo el servicio que tengo en casa, todos son amigos míos. Deberías verme en las fiestas. Todos los demás se ponen a hablar entre sí de su última película o lo que sea, mientras yo me quedo charlando con la chica del cátering o con el camarero. No creo que eso sea entrometerse en nada, ¿verdad?

—No, no creo que eso sea entrometerse en nada. Pero mire, señora Gardner...

—Lindy, por favor.

—Pues mira, Lindy, ha sido fabuloso estar contigo. Pero la medicación me deja agotado. Creo que iré a acostarme un rato.

—Ah, ¿no te sientes bien?

—No es nada. Sólo la medicación.

—¡Lástima! Pero tienes que volver cuando te sientas mejor. Y trae los discos, los que has grabado tú. ¿Trato hecho?

Tuve que asegurarle una vez más que lo había pasado muy bien y que volvería. Cuando me dirigía a la puerta, dijo:

—¿Juegas al ajedrez? Soy la peor ajedrecista del mundo, pero tengo un tablero que es de lo más elegante. Meg Ryan me lo trajo la semana pasada.

Al volver a mi habitación saqué una Coca-Cola del minibar, me senté al escritorio y miré por la ventana. El ocaso era espectacular y de color rosa, estábamos a buena altura y a lo lejos divisaba la autovía sembrada de coches en movimiento. Al cabo de unos minutos llamé a Bradley, su secretaria me tuvo en espera un rato, pero al final se puso.

—¿Qué tal esa cara? —preguntó con voz preocupada, como si quisiera tener noticias de alguna querida mascota que me hubiera confiado.

–¿Cómo quieres que lo sepa? Sigo como el Hombre Invisible.

–¿Estás bien? Pareces... desanimado.

–Estoy desanimado. Todo esto ha sido un error. Ahora me doy cuenta. No resultará.

Hubo un momento de silencio y acto seguido preguntó:

–¿Ha salido mal la operación?

–Estoy seguro de que ha sido un éxito. Me refiero a todo lo demás, lo que va a salir de aquí. Este *plan*... No saldrá como dijiste. No debería haberme dejado convencer.

–Pero ¿qué te pasa? Pareces deprimido. ¿Qué te han inyectado?

–Estoy bien. En realidad, tengo la cabeza más despejada de lo que la he tenido en los últimos tiempos. Y ése es el problema. Ahora lo veo claro. Tu plan...; no debería haberte hecho caso.

–¿De qué hablas? ¿Qué plan? Mira, Steve, no es tan complicado. Eres un artista con mucho talento. Cuando esto pase, seguirás haciendo lo de siempre. Ahora no haces más que eliminar un obstáculo, eso es todo. No hay ningún *plan*...

–Oye, Bradley, estoy mal aquí. No es sólo incomodidad física. Es que ahora me doy cuenta de lo que estoy haciendo con mi vida. Ha sido un error, debería haberme respetado más a mí mismo.

–Steve, ¿a qué viene esto? ¿Ha pasado algo?

–Es lo que va a pasar. Te llamo por eso, necesito que me saques de aquí. Necesito que me lleves a otro hotel.

—¿Otro hotel? ¿Quién eres tú? ¿El príncipe heredero Abdulah? ¿Qué demonios tiene de malo el hotel?

—Lo malo es que tengo a Lindy Gardner en la habitación de al lado. Y me ha invitado, y seguirá invitándome. ¡Eso es lo malo!

—¿Tienes a Lindy Gardner en la habitación contigua?

—Mira, no puedo pasar por eso otra vez. He estado allí, lo único que hice fue quedarme hasta que no pude más. Y ahora dice que tenemos que jugar al ajedrez con el tablero que le ha regalado Meg Ryan...

—Steve, ¿me estás diciendo que Lindy Gardner está en la habitación de al lado? ¿Has estado un rato con ella?

—¡Me ha puesto un disco de su marido! Joder, creo que acaba de poner otro. A eso es a lo que voy. Ya no puedo más.

—Steve, espera, repasémoslo una vez más. Steve, cierra esa puta boca y luego me lo explicas. Explícame cómo es que has conocido a Lindy Gardner.

Estuve un rato calmado y le di un breve informe sobre la invitación de Lindy y el posterior desarrollo de los acontecimientos.

—Entonces, ¿no has sido grosero con ella? —preguntó en cuanto dejé de hablar.

—No, no he sido grosero con ella. Me he comportado todo el rato que he estado allí. Pero no pienso volver. Necesito otro hotel.

—Steve, no vas a cambiar de hotel. ¿Lindy Gardner? Está vendada, tú vas vendado. La tienes en la habitación contigua. Steve, es una oportunidad de oro.

—De eso nada, Bradley. Es el último círculo del infierno. ¡El tablero de ajedrez de Meg Ryan, por el amor de Dios!

—¿El tablero de ajedrez de Meg Ryan? ¿Cómo se entiende eso? ¿Las piezas se parecen a Meg Ryan?

—¡Y quiere oírme tocar! ¡Quiere que la próxima vez le lleve los discos!

—Quiere que... Joder, Steve, no te has quitado aún las vendas y ya te están poniendo la alfombra. ¿Quiere oírte tocar?

—Te pido que arregles esto, Bradley. Sí, es verdad, estoy con un bajón, me han operado, tú me convenciste, porque fui tan tonto que me creí lo que decías. Pero no tengo por qué aguantarlo. No tengo por qué pasar con Lindy Gardner las próximas dos semanas. ¡Te estoy pidiendo que me saques de aquí ya!

—No te voy a llevar a ninguna parte. ¿Tú te das cuenta de lo importante que es Lindy Gardner? ¿Sabes con qué gente alterna? ¿Lo que podría hacer por ti con sólo una llamada? Sí, ahora es la ex de Tony Gardner. Eso no cambia las cosas. Ponla en tu equipo, luce tu nueva cara y se te abrirán puertas. Estarás en primera fila, en cinco segundos reloj en mano.

—No estaré en la primera fila de nada, Bradley, porque yo no vuelvo allí, y no quiero que se me abran más puertas que las que abra mi música. Y no creo lo que has dicho antes, esa idiotez que has dicho del plan...

—Creo que no deberías ser tan vehemente. Lo digo por los puntos de sutura...

—Bradley, muy pronto dejarás de preocuparte por

los puntos, porque ¿sabes qué? Me voy a quitar estas vendas de momia, me voy a meter los dedos en las comisuras de la boca y me la voy a estirar en todas las direcciones posibles. ¿Me has oído, Bradley?

Le oí suspirar.

–Vale, tranquilízate –dijo–. Empieza por tranquilizarte. Has estado sometido a mucha presión últimamente. Es comprensible. Si no quieres ver a Lindy en este momento, si quieres que el oro se vaya flotando, comprendo tu postura. Pero sé educado, ¿entendido? Dale una buena excusa. No quemes tus naves.

Me sentí mucho mejor después de hablar con Bradley y pasé una velada razonablemente contento, vi media película y luego escuché a Bill Evans. La mañana siguiente, después del desayuno, se presentó el doctor Boris con dos enfermeras, pareció satisfecho y se fue. Poco después, a eso de las once, recibí una visita: un batería llamado Lee con el que hacía años había tocado en una banda de San Diego. Bradley, que también es mánager de Lee, le había sugerido que fuera a verme.

Lee es un tipo legal y me alegré de verlo. Se quedó alrededor de una hora y cambiamos noticias sobre amigos comunes, quién estaba en qué banda, quién había hecho el petate y se había ido a Canadá o a Europa.

–Es una pena que casi nadie del antiguo equipo siga en circulación –dijo–. Lo pasas en grande con ellos y cuando te das cuenta ya no sabes dónde están.

Me habló de sus últimas actuaciones y nos reímos recordando los tiempos de San Diego. Hacia el final de la visita dijo:

—¿Y lo de Jake Marvell? ¿Qué opinas de eso? El mundo es extraño, ¿verdad?

—Extraño, sí, señor —dije—. Pero es que Jake fue siempre un buen músico. Merece lo que tiene.

—Sí, pero es extraño. ¿Recuerdas cómo era Jack entonces? ¿En San Diego? Steve, tú podrías haberlo borrado del escenario todas las noches. Y ahora míralo. ¿Ha sido sólo suerte o qué?

—Jake fue siempre un buen tío —dije—. Y por lo que a mí respecta, me parece bien que se reconozca a un saxofonista.

—Ese reconocimiento será ya mismo —dijo Lee—. Y será en este hotel. Mira, lo he traído. —Rebuscó en su bolsa y sacó un arrugado ejemplar de *LA Weekly*—. Aquí está. Premios Simon and Wesbury de Música. Músico de Jazz del Año. Jake Marvell. Veamos, ¿cuándo es esta cabronada? Mañana en el salón de baile. Te das un paseo escaleras abajo y asistes a la ceremonia. —Dejó el periódico y cabeceó—. Jake Marvell. Músico de Jazz del Año. Quién lo habría pensado, ¿verdad, Steve?

—Creo que no iré —dije—. Pero recordaré brindar por él.

—Jake Marvell. Chico, ¿este mundo está desquiciado o qué le pasa?

Una hora después del almuerzo sonó el teléfono y era Lindy.

–Querido, las piezas están preparadas en el tablero –dijo–. ¿Listo para una partida de ajedrez? No me digas que no, aquí me vuelvo loca de aburrimiento. Ah, y no te olvides de traer los discos. Me muero por oírte tocar.

Colgué y me senté en la cama, tratando de averiguar por qué no había sabido defender la plaza con más firmeza. En realidad, ni siquiera había esbozado un atisbo de negativa. Tal vez fuera pusilanimidad pura y simple. O puede que hubiera asimilado el punto de vista de Bradley en mayor medida de lo que estaba dispuesto a admitir. Pero ya no había tiempo para reflexionar, porque tenía que decidir sobre cuál de mis discos podía impresionarla más. Descarté automáticamente el material más vanguardista, como el que había grabado el año anterior con los electro-funkies de San Francisco. Al final me limité a elegir el primero que había grabado, me cambié de camisa, me puse la bata encima y fui a ver a mi vecina.

También ella iba en bata, pero de las que habría podido llevar al estreno de una película sin avergonzarse mucho. En efecto, el tablero y las piezas estaban en la mesa de centro, nos sentamos a ambos lados de ésta, como la vez anterior, y empezamos a jugar. Tal vez porque tenía algo que hacer con las manos me sentía más relajado que la vez anterior. Mientras jugábamos, hablábamos con espontaneidad de esto y aquello: programas de televisión, sus ciudades europeas favoritas, la comida china. Esta vez no mencionó tantos nombres, parecía mucho más tranquila. En cierto momento dijo:

—¿Sabes qué impide que me vuelva loca en este lugar? ¿Mi gran secreto? Te lo contaré, pero ni una palabra, ni siquiera a Gracie, ¿prometido? Lo que hago es salir a pasear a medianoche. Dentro del edificio, pero es tan grande que podría pasarme la vida recorriéndolo. Y con el silencio de la noche es asombroso. Anoche estuve paseando... ¿sería una hora? Hay que tener cuidado, todavía hay personal de servicio deambulando, pero hasta ahora no me han pillado. En cuanto oigo un rumor, echo a correr y me escondo en cualquier parte. Una vez, los de la limpieza me vieron durante un segundo, pero *al instante* ya estaba entre las sombras. Es muy emocionante. Después de estar todo el día aquí prisionera es como si fueras completamente libre, es realmente maravilloso. Me gustaría que vinieras una noche conmigo, querido. Te enseñaré cosas impresionantes. Los bares, los comedores, las salas de reuniones. Un salón de baile maravilloso. Y no hay nadie, todo está a oscuras y vacío. Y he descubierto el lugar más fantástico, una especie de ático, creo que va a ser... ¿una suite presidencial? Está a medio construir, pero lo descubrí, conseguí colarme y me quedé allí veinte minutos, media hora, pensando en diversas cosas. Oye, Steve, ¿esto puede hacerse? ¿Puedo mover así y comerte la reina?

—Bueno, sí, creo que sí. No lo había visto. Oye, Lindy, eres mucho más entendida en esto de lo que dijiste. ¿Qué voy a hacer ahora?

—Está bien, te lo diré. Como eres el invitado y estabas distraído por lo que te decía, voy a fingir que no lo he visto. ¿Verdad que soy generosa? No recuerdo si te lo pregunté la otra vez. Estás casado, ¿verdad?

—Sí.

—¿Y qué piensa ella de todo esto? Quiero decir que no es una operación barata. Con ese dinero podría comprarse muchos zapatos.

—Está totalmente de acuerdo. En realidad, la idea fue suya. ¿Quién no presta atención ahora?

—Ay, caray. Es que soy muy mala jugadora. Oye, no quisiera ser entrometida, pero ¿te visita con frecuencia?

—La verdad es que no ha puesto el pie en este lugar. Pero antes de venir lo convinimos así.

—¿Sí? —Parecía confusa.

—Parece extraño —dije—, ya lo sé, pero quisimos hacerlo de este modo.

—Claro. —Poco después añadió—: ¿Significa eso que no te visita nadie?

—Recibo visitas. Por ejemplo, esta mañana he recibido una. Un músico con el que trabajé.

—¿Ah, sí? Esto es estupendo. ¿Sabes, querido?, nunca he tenido claro cómo se mueven los reyes estos. Si me ves hacer algo que no se debe, avísame, ¿estamos? No quiero hacer trampas.

—Claro. —Luego añadí—: El tipo que ha venido a verme me dio una noticia. Fue un poco extraño. Una casualidad.

—¿Sí?

—Hay un saxofonista al que conocimos hace unos años, en San Diego, un individuo llamado Jake Marvell. Puede que hayas oído hablar de él. Ahora está en primera fila. Pero entonces, cuando lo conocimos, no era nadie. En realidad, era un farsante. Lo que llamamos un fantasma. Nunca tuvo soltura con las llaves. Y he oído decir recientemente, y muchas veces, que no había mejorado. Pero ha tenido un par de rachas y ahora está de moda. Te juro que no es ni un ápice mejor que antes, ni un ápice. ¿Y sabes cuál era la noticia? Este mismo tipo, Jake Marvell, va a recibir mañana un importante premio musical, aquí, en este hotel. Músico de Jazz del Año. Es de locos, ¿verdad? Con tantos saxofonistas de talento como hay por ahí y van y se lo dan a Jake.

Tuve que detenerme y, al levantar los ojos del tablero, reí por lo bajo.

–¿Qué le vamos a hacer? –dije, ya menos exaltado.

Lindy tenía la espalda erguida y me prestaba total atención.

–Es una pena. ¿Y dices que ese individuo no es bueno?

–Disculpa, creo que ahí me he excedido un poco. ¿Quieren darle un premio a Jake? Pues que se lo den.

–Pero si no es bueno...

–Es tan bueno como cualquiera. Sólo hablaba por hablar. Perdona, no me hagas caso.

–Oye, eso me recuerda algo –dijo Lindy–. ¿Te has acordado de traer tu música?

Le señalé el CD que tenía al lado, en el sofá.

–No sé si te interesará. No estás obligada a oírlo.

–Ah, pues claro que lo voy a oír. Dame, deja que lo vea.

Le alargué el CD.

–Es una banda con la que toqué en Pasadena. Tocábamos clásicos, swing pasado de moda, un poco de bossa nova. Nada especial, lo he traído sólo porque me lo pediste.

Lindy miraba la carátula del CD, se la acercaba a la cara, la alejaba.

–¿Estás en la foto? –Se la acercó otra vez–. Siento curiosidad por ver cómo eres. O mejor dicho, cómo eras.

–Soy el segundo por la derecha. El de la camisa hawaiana, el que sostiene la tabla de planchar.

–¿Éste? –Miró el CD, luego me miró a mí–. Oye, eres mono. –Pero lo dijo con voz apagada y vacía de convicción. En realidad, distinguí un claro timbre de lástima. Pero se recuperó al instante–. Bueno, ¡pues oigámoslo!

Mientras se acercaba al Bang & Olufsen, dije:

–Pista número nueve. «The Nearness of You». Es mi canción especial.

–«The Nearness of You» marchando.

Me había decidido por aquel corte tras meditarlo un poco. Los músicos de aquella banda eran de primera. A nivel individual, todos teníamos ambiciones más radicales, pero habíamos formado la banda con la finalidad manifiesta de tocar material popular de calidad, el alpiste que quería la masa. Nuestra versión de «The Nearness of You», protagonizada por mi saxo de principio a fin, no estaba muy lejos del terreno de Tony Gardner, pero siempre me había sentido sinceramente orgulloso de ella. Se dirá que ya se ha oído esta canción

174

interpretada de todas las formas posibles. Bueno, que se escuche la nuestra. Que se escuche, por ejemplo, la segunda variación. O ese momento en que salimos del interludio, cuando la banda pasa de III-5 a VIx-9 y yo subo en intervalos que se tendrían por imposibles y luego mantengo ese dulce, ternísimo y elevado si bemol. Yo creo que ahí hay colores, añoranzas y pesares como no se han escuchado nunca.

Así que podría decirse que esperaba confiado que aquella grabación mereciese la felicitación de Lindy. Y durante el primer minuto, aproximadamente, pareció complacida. Tras poner el CD se había quedado de pie, y tal como había hecho al ponerme el disco de su marido, empezó a oscilar soñadoramente con los compases de ritmo lento. Pero entonces el ritmo la descontroló y se quedó completamente inmóvil, de espaldas a mí, con la cabeza adelantada, como si se concentrase. Al principio no lo tomé por un indicio desfavorable. Sólo cuando volvió a sentarse, con la música todavía en plena efervescencia, me di cuenta de que pasaba algo. El vendaje, obviamente, me impedía ver su expresión, pero que se dejara caer en el sofá, como un maniquí nervioso, no auguraba nada bueno.

Cuando terminó la canción, empuñé el mando a distancia y lo apagué. Durante un tiempo que me pareció muy largo se quedó exactamente como estaba, tiesa e incómoda. Por fin se removió un poco y se puso a toquetear una pieza.

–Ha sido muy bonito –dijo–. Gracias por dejármelo oír. –Sonó a frase hecha y no pareció importarle que se notara.

—Puede que no sea de tu estilo preferido.

—No, no. —Había ahora en su voz un timbre de malhumor y sequedad—. Ha estado bien. Gracias por permitirme que lo oyera. —Dejó la pieza en la casilla y añadió—: Tú mueves.

Miré el tablero, esforzándome por recordar dónde estábamos. Poco después le pregunté:

—¿Te trae esa canción recuerdos especiales, tal vez?

Levantó la cabeza y pareció mirarme con cólera. Su voz, sin embargo, fue de lo más amable.

—¿Esa canción? No me recuerda nada especial. Nada en absoluto. —De súbito se echó a reír, y fue una risa breve y perversa—. Ah, ¿te refieres a recuerdos de *él*, de Tony? No, no. No la cantó nunca. Tú la tocas de un modo precioso. Con auténtica profesionalidad.

—¿Con auténtica *profesionalidad*? ¿Y eso qué significa?

—Quiero decir... que es auténticamente profesional. Lo he dicho como un cumplido.

—¿Profesional? —Me puse en pie, crucé la habitación y saqué el disco del aparato.

—¿Por qué te enfadas? —Su voz seguía siendo distante y fría—. ¿He dicho algo malo? Te pido disculpas. Sólo pretendía ser amable.

Volví a la mesa y metí el disco en la funda, pero no me senté.

—¿Terminamos la partida? —preguntó.

—Si no te importa, tengo que hacer un par de cosas. Llamadas. Trámites burocráticos.

—¿Por qué te has enfadado? No lo entiendo.

—No estoy enfadado. Se hace tarde, eso es todo.

176

Por lo menos se levantó para acompañarme a la puerta, donde nos despedimos con un frío apretón de manos.

Ya he dicho que el sueño se me había trastocado a raíz de la operación. Aquella noche me sentí repentinamente cansado, me fui a la cama pronto, dormí como un tronco durante unas horas y desperté en lo más profundo de la noche, incapaz de volver a dormirme. Al cabo del rato me levanté y encendí la tele. Encontré una película que había visto de niño, así que acerqué una silla y vi lo que faltaba con el volumen bajo. Cuando terminó, vi a dos predicadores gritándose delante de un público que aullaba. En términos generales estaba contento. Me sentía cómodo y a un millón de kilómetros del mundo exterior. En consecuencia, el corazón estuvo a punto de saltarme del pecho cuando oí el teléfono.

—¿Steve? ¿Eres tú? —Era Lindy. Tenía la voz rara y me pregunté si habría bebido.

—Sí, soy yo.

—Ya sé que es tarde. Pero es que, al pasar hace un momento, he visto luz por debajo de tu puerta. Pensé que no podías conciliar el sueño, lo mismo que yo.

—Sí, supongo que es eso. Es difícil mantener el horario regular.

—Sí, sí que lo es.

—¿Va todo bien? —pregunté.

—Claro. Todo va bien. *Muy* bien.

Me di cuenta de que no estaba borracha, pero no

supe decir qué le pasaba. Tampoco me pareció que estuviera bajo el efecto de ninguna droga, sólo raramente desvelada y quizá nerviosa porque quería decirme algo.

–¿Seguro que estás bien? –pregunté otra vez.

–Sí, de verdad, pero... Mira, querido, tengo aquí una cosa, una cosa que quiero darte.

–¿Ah? ¿Y qué es?

–No te lo pienso decir. Quiero que sea una sorpresa.

–Parece interesante. ¿Te parece que pase a buscarlo después de desayunar?

–Esperaba que vinieras a recogerlo ahora. Quiero decir que lo tengo aquí, tú estás despierto y yo estoy despierta. Ya sé que es tarde, pero... Escucha, Steve, lo de antes, lo que ha ocurrido. Creo que te debo una explicación.

–Olvídalo. No tiene importancia...

–Te has enfadado conmigo porque has pensado que no me gustaba tu música. Pues no es verdad. Es lo contrario de la verdad, totalmente lo contrario. Lo que tocabas, ¿esa versión de «Nearness of You»? No he podido quitármela de la cabeza. No, de la cabeza no, del corazón. No he podido quitármela del *corazón*.

No supe qué decir y, antes de que se me ocurriera nada, siguió hablando.

–¿Vas a venir? ¿Ahora? Te lo explicaré todo. Y lo más importante... No, no, no te lo digo. Será una sorpresa. Ven y lo verás. Y vuelve a traer el CD. ¿Quieres?

Me quitó el CD de la mano en cuanto me abrió la puerta, como si yo fuera el botones, pero a continuación me asió de la muñeca y me introdujo en la habitación. Llevaba la misma bata de fantasía de antes, pero tenía un aspecto menos inmaculado: un faldón le colgaba más que el otro y se le había enganchado un poco de pelusa en el vendaje, a la altura de la nuca.

–Imagino que has dado uno de tus paseos nocturnos –dije.

–Me alegro de que estuvieras levantado. No sé si habría podido esperar a mañana. Ahora escucha, como te dije, tengo una sorpresa. Espero que te guste, creo que te gustará. Pero primero quiero que te pongas cómodo. Vamos a escuchar tu canción otra vez. A ver..., ¿qué pista era?

Me senté en el sofá de costumbre y la vi trastear con el equipo. La habitación estaba iluminada con luz suave y la temperatura era fresca y agradable. Entonces se oyó «The Nearness of You» a todo volumen.

–¿No crees que molestará a alguien? –dije.

–Que se vayan a la porra. Pago un dineral por este sitio, no es nuestro problema. Ahora calla, ¡escucha, escucha!

Se puso a bailotear con la música, como antes, sólo que esta vez no se detuvo al final de la primera estrofa. En realidad, parecía perderse en la música conforme ésta progresaba, y abría los brazos como si bailase con una pareja imaginaria. Al terminar, apagó el aparato y se quedó inmóvil en el otro extremo de la habitación, de espaldas a mí. Se quedó allí durante un rato que se me antojó largo, hasta que al final se acercó.

—No sé qué decir —dijo—. Es sublime. Eres un músico maravilloso, maravilloso. Eres un genio.

—Pues gracias.

—Lo supe la primera vez. Ésa es la verdad. Por eso reaccioné como lo hice. Fingiendo que no me gustaba, fingiéndome ¿superior? —Tomó asiento y suspiró—. Tony me reñía por estas cosas. Las he hecho siempre, es algo que no puedo evitar. Conozco a una persona que tiene, bueno, que tiene mucho talento, una persona bendecida por Dios con ese don y no puedo evitarlo, mi primer impulso es hacer lo que hice contigo. Es sólo..., no sé, supongo que es envidia. Es como lo que les pasa a veces a esas mujeres que son... ¿un poco feas? Entra en la habitación una mujer hermosa y la odian, quieren sacarle los ojos. Así me siento cuando conozco a personas como tú. Sobre todo si no lo espero, como ha pasado hoy, y no estoy preparada. Quiero decir que estabas allí y yo pensando que eras uno más del público y de pronto eres..., bueno, otra cosa. ¿Entiendes lo que quiero decir? En cualquier caso, lo que quiero explicarte es por qué antes me he portado tan mal. Tenías todo el derecho del mundo a enfadarte conmigo.

El silencio de la madrugada flotó entre nosotros durante un rato.

—Bueno, muchas gracias —dije al final—. Te agradezco que me lo hayas explicado.

Se puso en pie con viveza.

—¡Ahora, la sorpresa! Espera aquí, no te muevas.

Entró en la estancia contigua y la oí abrir y cerrar cajones. Cuando volvió, sostenía algo con las dos manos a la altura del pecho, algo que no podía ver porque estaba cubierto con un pañuelo de seda. Se detuvo en el centro de la habitación.

–Steve, quiero que te acerques y aceptes esto. Es un obsequio.

Yo estaba intrigado y me puse en pie. Al acercarme, apartó el pañuelo y me alargó un brillante adorno de bronce.

–Te lo mereces sinceramente. Por lo tanto es tuyo. Músico de Jazz del Año. Quizá de todos los tiempos. Enhorabuena.

Lo depositó en mis manos y me besó suavemente en la mejilla, por encima de las gasas.

–Pues gracias. Es toda una sorpresa. Oye, es bonito. ¿Qué es? ¿Un cocodrilo?

–¿Un cocodrilo? ¡Vamos! Son dos graciosos querubines besándose.

–Ah, sí, ahora lo veo. Pues gracias, Lindy. No sé qué decir. Es realmente hermoso.

–¡Un cocodrilo!

–Disculpa. Es que el individuo este tiene la pierna estirada. Pero ahora me doy cuenta. Es realmente hermoso.

–Pues es tuyo. Te lo mereces.

–Estoy conmovido, Lindy. En serio. ¿Y qué pone aquí? No he traído las gafas.

–Pone «Músico de Jazz del Año». ¿Qué otra cosa podía poner?

–¿Eso pone?

–Claro que pone eso.

Volví al sofá con la estatuilla en la mano, me senté y medité unos momentos.

–Mira, Lindy –dije–. Este objeto que acabas de darme. ¿Cabe la posibilidad, eh, de que te lo hayas encontrado en uno de tus paseos nocturnos?

–Claro. Claro que cabe la posibilidad.

–Entiendo. ¿Y cabe la posibilidad, eh, de que sea el galardón auténtico? Quiero decir el premio de verdad que le van a dar a Jake.

Lindy guardó silencio unos segundos y siguió donde estaba, totalmente inmóvil.

–Pues claro que es el de verdad. ¿Qué sentido tendría que te diera un trozo de chatarra cualquiera? Iba a cometerse una injusticia, pero ahora prevalece la justicia. Eso es lo único que importa. Vamos, querido. Tú sabes que mereces ese premio.

–Agradezco ese punto de vista. Es sólo que..., bueno, esto es como robar.

–¿Robar? ¿No has dicho que ese individuo no es bueno? ¿Que es un farsante? Y tú eres un genio. ¿Quién roba a quién?

–Lindy, ¿dónde la has encontrado exactamente?

Se encogió de hombros.

–Por ahí. En uno de los lugares a los que voy. Creo que podría ser un despacho.

–¿Esta noche? ¿Te lo has llevado esta noche?

–Naturalmente que me lo he llevado esta noche. No he sabido lo del premio hasta hace unas horas.

–Claro, claro. ¿Hace cuánto? ¿Una hora tal vez?

–Una hora. Quizá dos. ¿Quién sabe? He estado fuera mucho tiempo. Fui a mi suite presidencial y me quedé allí un rato.

–Madre mía.

–Oye, ¿a quién le importa? ¿Por qué te preocupas? Si pierden ésta, pues van y hacen otra. Seguro que tienen un armario lleno en alguna parte. Te he dado algo que mereces. No irás a devolverlo ahora, ¿verdad, Steve?

–No voy a devolverlo, Lindy. El afecto, el honor, todo eso, lo acepto de mil amores y me llena de alegría. Pero esto es el trofeo real. Vamos a tener que devolverlo. Lo dejaremos exactamente donde lo has encontrado.

–¡Que se vayan a la mierda! ¿A quién le importa?

–Lindy, me parece que no lo has pensado bien. ¿Qué harás cuando esto se sepa? ¿Imaginas el partido que le sacará la prensa? ¿El chismorreo, el escándalo? ¿Qué dirá tu público? Anda, vamos. Vamos allí ahora mismo, antes de que la gente empiece a despertar. Dime exactamente dónde lo has encontrado.

De repente parecía una niña a la que hubieran regañado. Suspiró y dijo:

–Creo que tienes razón, querido.

Una vez acordado que lo íbamos a devolver, Lindy adoptó una actitud posesiva con el galardón y lo mantuvo cerca de su pecho mientras corríamos por los pasillos del gigantesco y dormido establecimiento. Era ella quien abría el camino, por escaleras secretas, por pasillos traseros, por delante de las puertas de la sauna y de las máquinas expendedoras. No vimos ni oímos a nadie. Lindy susurró: «Era por aquí», empujamos unas puertas macizas y entramos en un recinto a oscuras.

Cuando me convencí de que estábamos solos, encendí la linterna que me había dado Lindy en su habitación y giré sobre mis talones. Estábamos en el salón de baile, aunque si hubiéramos querido bailar entonces, habríamos tenido dificultades con las mesas de los clientes, cada una con su mantel blanco y las sillas a juego. Del techo colgaba una elaborada araña. En el otro extremo había una tarima, seguramente con anchura suficiente para dar cabida a un espectáculo bastante grande, aunque en aquel instante estaba oculto por las cortinas. En el centro de la pista se habían dejado una escalera de mano y había una aspiradora apoyada verticalmente en la pared.

–Va a celebrarse una fiesta –dijo–. ¿Cuatrocientas, quinientas personas?

Di unos pasos y volví a girar sobre mis talones enfocándolo todo con la linterna.

–A lo mejor es aquí donde va a ocurrir. Donde le van a dar el premio a Jake.

–Pues claro. Donde la he encontrado –levantó la estatuilla– había más. El Mejor Primer Disco. El Álbum de Rhythm and Blues del Año. Cosas por el estilo. Será un gran acontecimiento.

Mis ojos se adaptaron a la oscuridad y empecé a ver mejor las cosas, aunque la linterna no era muy potente. Y durante un rato me quedé mirando el escenario, imaginando el aspecto que tendría horas después. Imaginé a la gente elegantemente vestida, a los tipos de las casas de discos, los promotores más importantes, los famosos del espectáculo, riendo y elogiándose; los aplausos aduladoramente sinceros cada vez que el maestro de ceremonias mencionaba el nombre de un mecenas; más aplausos, con vítores y aullidos, cuando subían los ganadores. Imaginé a Jake Marvell en el escenario, esgrimiendo el trofeo con la misma sonrisa de suficiencia que lucía en San Diego cuando acababa un solo y el público aplaudía.

–Puede que estemos equivocados –dijo–. Puede que no haya necesidad de devolverlo. Puede que debamos tirarlo a la basura. Con todos los demás premios que viste.

–¿Sí? –Lindy parecía desconcertada–. ¿Es eso lo que deseas, querido?

Di un suspiro.

–No, creo que no. Pero sería... satisfactorio, ¿no crees? Todos los premios a la basura. Apostaría a que todos los ganadores son unos farsantes. Apostaría a que entre todos no tienen talento suficiente para llenar un perrito caliente.

Esperé a que Lindy respondiera, pero no oí nada. Cuando habló, momentos después, había un timbre nuevo en su voz, un timbre forzado.

–¿Cómo sabes que esos hombres no son buenos? ¿Cómo sabes que no merecen el premio?

–¿Que cómo lo sé? –Sufrí un repentino ataque de ira–. ¿Que cómo lo sé? Piénsalo. Un jurado que decide que Jake Marvell es el músico de jazz más destacado del año. ¿A qué otro tipo de gente van a homenajear?

–Pero ¿qué sabes tú de esos hombres? ¿O de ese señor que se llama Jake? ¿Cómo sabes tú que no ha trabajado de firme para llegar a donde ha llegado?

—¿Qué es esto? ¿Te has vuelto ahora superfán de Jake?

—Me limito a expresar mi opinión.

—¿Tu opinión? ¿Ésa es tu opinión? Pero no sé por qué me extraña. Por un momento había olvidado quién eres.

—¿Y cómo carajo me he de tomar eso? ¿Cómo te atreves a hablarme así?

Me di cuenta de que estaba perdiendo los papeles.

—Vale, vale —dije con rapidez—. Ya no sé ni lo que digo. Te pido disculpas. Ahora encontremos ese despacho.

Lindy guardaba silencio, y cuando me volví a mirarla, no pude verle la cara lo suficiente para hacer conjeturas sobre lo que podía estar pensando.

—Lindy, ¿dónde está el despacho? Tenemos que encontrarlo.

Al final señaló el fondo del salón con la estatuilla y echó a andar entre las mesas, sin decir nada todavía. Cuando llegamos, pegué el oído a la puerta y, como no oí nada, abrí despacio.

Nos encontramos en un espacio largo y estrecho que parecía discurrir en sentido paralelo al salón. En alguna parte había encendida una luz de escasa potencia y se distinguían las cosas sin necesidad de utilizar la linterna. Evidentemente no era el despacho que buscábamos, sino una especie de área de cátering-con-cocina. Había un largo mostrador en las dos paredes, con un pasillo en el centro, de anchura suficiente para que el servicio diera los últimos toques a la comida.

Pero Lindy reconoció el lugar y avanzó con resolución por el pasillo. A mitad de camino se detuvo a mirar una bandeja de bollería del mostrador.

–Huy, galletas. –Parecía haber recuperado la serenidad–. Lástima que estén tapadas con celofán. Me muero de hambre. ¡Mira! Vamos a ver qué hay debajo de eso.

Dio unos pasos y levantó una campana.

–Ay, mira, cariño. Esto tiene un aspecto *realmente* apetitoso.

Estaba inclinada sobre un pavo asado. En vez de volver a taparlo, dejó la campana junto a la bandeja.

–¿Crees que les importará que me coma un muslo?

–Creo que les importará mucho, Lindy. Pero qué caray.

–Es un animal grande. ¿Te comerías un muslo conmigo?

–Claro, ¿por qué no?

–Estupendo. Pues allá va.

Estiró las manos hacia el pavo. De súbito se volvió hacia mí.

–¿Cómo hay que entender lo que has dicho?

–¿Cómo hay que entender qué?

–Lo que has dicho. Cuando has dicho que no sabías por qué te extrañaba. Mi opinión. ¿A qué ha venido todo eso?

–Mira, te pido perdón. No quería ofenderte. Sólo pensaba en voz alta, eso es todo.

–¿Pensabas en voz alta? ¿Y por qué no piensas en voz alta otro poco? Así que dime por qué ha de ser ridículo sugerir que algunos de esos hombres pueden merecer el premio.

—Escucha, lo único que digo es que quien al final se lleva los premios es quien no los merece. Eso es todo. Pero parece que tú piensas de otro modo. Piensas que no es así como sucede...

—Puede que algunos de esos hombres hayan sudado tinta para conseguir lo que tienen. Y puede que merezcan un pequeño reconocimiento. Lo malo de las personas como tú es que piensan que, como Dios les ha concedido un don especial, tienen derecho a todo. Que como son mejores que los demás merecen estar en cabeza siempre. ¿No te das cuenta de que hay mucha gente que no ha tenido tanta suerte como tú, que trabaja con ahínco por su lugar en el mundo?

—¿Crees que yo no trabajo con ahínco? ¿Crees que me paso sentado todo el día? Sudo, me deslomo y me desriñono para dar con algo que valga la pena, algo hermoso, pero ¿quién se lleva el reconocimiento? ¡Jake Marvell! ¡Gente como tú!

—¿Cómo demonios te atreves? ¿Qué tengo yo que ver con esto? ¿Voy a recibir yo un premio? ¿Me ha dado nadie un maldito premio aunque sólo sea *una vez*? ¿Me han dado alguna vez, aunque fuese en la escuela, un cochino diploma por cantar, bailar o cualquier otra mierda? ¡No! ¡Ni una mierda me han dado! Yo me quedaba mirando a todos los lameculos como tú que subían a la tarima a recoger el premio, y los padres aplaudiendo...

—¿Ningún premio? ¿Ninguno? ¡Mírate! ¿Quién acaba llevándose la fama? ¿Quién tiene las casas lujosas...?

En aquel momento encendieron las luces y nos

miramos parpadeando y deslumbrados. Dos hombres habían entrado por la misma puerta que nosotros y avanzaban hacia donde estábamos. El pasillo central tenía anchura suficiente para que caminaran hombro con hombro. Uno era un negro corpulento con uniforme de guardia de seguridad y llevaba en la mano algo que al principio me pareció una pistola y luego resultó que era un walkie-talkie. Junto a él avanzaba un sujeto bajo, de traje azul claro y pelo negro engominado. Ninguno parecía particularmente simpático. Se detuvieron a un metro de nosotros y el bajito sacó una identificación de la chaqueta.

–Policía de Los Ángeles. Me llamo Morgan.

–Buenas noches –dije.

El policía y el guardia de seguridad nos miraron en silencio unos segundos. El policía preguntó:

–¿Huéspedes del hotel?

–Sí, lo somos –dije–. Somos huéspedes.

Sentí el blando tejido de la bata de Lindy en mi espalda. Me tomó del brazo y nos quedamos así, juntos e inmóviles.

–Buenas noches, agente –dijo con voz soñolienta y melosa, totalmente distinta de su voz habitual.

–Buenas noches, señora –dijo el policía–. ¿Están ustedes levantados a esta hora por alguna razón especial?

Los dos fuimos a responder al mismo tiempo y nos echamos a reír. Ninguno de los dos hombres sonrió siquiera.

–No podíamos conciliar el sueño –dijo Lindy–. Y salimos a pasear.

—Sólo a pasear. —El policía miró a su alrededor—. Tal vez buscando algo para comer.

—¡Eso es verdad, agente! —Lindy seguía hablando alto—. Nos entró hambre, como seguro que le entra a usted a veces por la noche.

—Imagino que el servicio de habitaciones no da para mucho —dijo el policía.

—No, no es muy bueno —dije.

—Lo de costumbre —dijo el policía—. Filetes, pizza, hamburguesas, bocadillos de tres pisos. Lo sé porque acabo de hacer uso del servicio nocturno de habitaciones. Pero sospecho que a ustedes no les gusta esa comida.

—Bueno, ya sabe cómo es, agente —dijo Lindy—. Es el factor diversión. La diversión de colarse y dar un pellizco, ya sabe, probar lo prohibido, ¿no lo hacían ustedes de pequeños?

Ninguno de los dos pareció inmutarse. El policía dijo:

—Siento molestarles, señores. Pero tienen que entender que los huéspedes no tienen permiso para entrar en esta zona. Y últimamente ha desaparecido un par de objetos.

—¿En serio?

—Sí. ¿Han visto algo extraño o sospechoso esta noche?

Lindy y yo nos miramos. Lindy negó enérgicamente con la cabeza sin apartar los ojos de mí.

—No —dije—. No hemos visto nada raro.

—¿Nada en absoluto?

El guardia de seguridad se había aproximado y en aquel momento pasó detrás de nosotros, apretándose contra el mostrador. Me di cuenta de que su plan era inspeccionarnos de cerca para ver si llevábamos algo encima, mientras su compañero nos daba conversación.

—No, nada —dije—. ¿A qué se refiere exactamente?

—Gente sospechosa. Actividades inusuales.

—Oiga, agente —dijo Lindy con expresión horrorizada—, no querrá decir que han robado en las habitaciones, ¿verdad?

—No exactamente, señora. Pero han desaparecido ciertos objetos de valor.

Sentía detrás de mí los movimientos del guardia de seguridad.

—Por eso está usted aquí ahora —dijo Lindy—. Para protegernos a nosotros y nuestros bienes.

—Así es, señora. —Los ojos del policía se desenfocaron una fracción de segundo y tuve la impresión de que había cambiado una mirada con el hombre que teníamos detrás—. Si ven algo raro, llamen a seguridad inmediatamente, señor.

El interrogatorio pareció terminar y el policía se hizo a un lado para dejarnos pasar. Respiré de alivio e iba a ponerme en marcha cuando Lindy dijo:

—Supongo que ha sido una travesura bajar aquí a comer. Pensábamos picar de ese pastel de ahí, pero imaginamos que podía ser para una ocasión especial y que sería una lástima estropearlo.

—El hotel tiene un buen servicio de habitaciones —dijo el policía—. Las veinticuatro horas.

Tiré de Lindy, pero parecía presa de la consabida manía del delincuente de coquetear con el peligro.

—¿Dice usted que ha pedido comida, agente?

—Desde luego.

—¿Y era buena?

—Era excelente. Les recomiendo a los dos que hagan lo mismo.

—Dejemos que estos caballeros prosigan sus investigaciones –dije, tirando del brazo de Lindy. Pero ella siguió insistiendo.

—¿Puedo hacerle una pregunta, agente? ¿Le importa?

—Póngame a prueba.

—Usted hablaba hace poco de ver algo raro. ¿Ve usted algo raro? Quiero decir en nosotros.

—No sé qué quiere decir, señora.

—Los dos tenemos la cara vendada. ¿Se ha fijado en eso?

El policía nos miró atentamente, como para comprobar este último dato.

—Pues la verdad es que sí, señora, me he fijado –dijo–. Pero no me gusta hacer observaciones personales.

—Ah, entiendo –dijo Lindy. Y volviéndose hacia mí–: Cuánta educación, ¿verdad?

—Vamos –dije, tirando de ella y llevándomela a la fuerza. Seguro que los dos se nos quedaron mirando mientras nos íbamos.

Recorrimos el salón de baile exagerando nuestra tranquilidad. Pero en cuanto cruzamos las grandes puertas batientes, nos entró miedo y salimos al trote.

Como seguíamos cogidos del brazo y era Lindy quien me guiaba por el edificio, dábamos traspiés y tropezábamos continuamente entre nosotros. Por fin llegamos a un ascensor de servicio y Lindy me metió de un empujón. Cuando se cerraron las puertas y el aparato empezó a subir, nos apoyamos en la pared metálica y emitimos un ruido raro que no era otra cosa que la risa histérica que nos brotaba a través de las vendas.

Cuando salimos del ascensor, volvió a colgárseme del brazo.

–Bueno, ya estamos a salvo –dijo–. Me gustaría llevarte a algún sitio. Esto es realmente interesante. ¿Ves esto? –Me enseñó una tarjeta llavero–. Vamos a ver qué sacamos con esto.

Utilizó la tarjeta para abrir una puerta con el rótulo de «Privado», luego otra puerta en que ponía «Peligro. Prohibido el paso». Luego nos encontramos en un espacio que olía a yeso y pintura. Había cables colgando de las paredes y el techo, y el suelo tenía manchas y salpicaduras. Podíamos ver bien porque una pared era totalmente de cristal, sin cortinas ni persianas, y las luces exteriores llenaban el lugar de charcos amarillentos. Estábamos por encima de nuestra planta: a nuestros pies, a vista de helicóptero, teníamos la autovía y sus alrededores.

–Va a ser la nueva suite presidencial –dijo Lindy–. Me encanta venir aquí. No hay luz ni moqueta. Pero se va haciendo poco a poco. Cuando la descubrí, tenía un aspecto más primitivo. Ahora se puede ver lo que será en el futuro. Ya hay incluso un sofá.

En el centro de la habitación había un mueble muy voluminoso cubierto por una sábana. Lindy se acercó como si fuera un viejo amigo y se dejó caer en él con cansancio.

—Es una fantasía —dijo—, pero creo un poco en ella. Están construyendo esta habitación exclusivamente para mí. Por eso acabo entrando. Todo esto. Es porque me están ayudando. Me están ayudando a construir mi futuro. Este lugar era antes un caos. Míralo ahora. Ya tiene forma. Será grandioso. —Dio unas palmadas en el sofá—. Ven, querido, descansa un poco. Yo estoy agotada. Tú también tienes que estarlo.

El sofá —o lo que hubiera debajo de la sábana— era sorprendentemente cómodo y nada más instalarme en él, el cansancio se apoderó de mí.

—Tengo sueño, chico —dijo Lindy dejándose caer sobre mi hombro—. ¿Verdad que es un lugar fabuloso? La primera vez que vine, encontré la tarjeta en la cerradura.

Guardamos silencio durante un rato y el sueño empezó a vencerme a mí también. Pero entonces recordé una cosa.

—Oye, Lindy.

—¿Mmmm?

—Lindy. ¿Qué ha pasado con el premio?

—¿El premio? Ah, sí. El premio. Lo escondí. ¿Qué otra cosa podía hacer? Ya sabes, querido, que ese premio lo mereces tú. Espero que signifique algo para ti, el que te lo haya ofrecido esta noche y en estas circunstancias. No ha sido una simple ocurrencia. Lo estuve meditando. Lo medité con mucho cuidado. No sé si significa mucho para ti. No sé ni siquiera si te acordarás dentro de diez años o de veinte.

–Seguro que sí. Y para mí significa mucho. Pero mira, Lindy, dices que lo has escondido, pero ¿dónde? ¿Dónde lo has escondido?

–¿Mmm? –Se estaba durmiendo otra vez–. Lo he escondido en el único sitio que tenía a mano. En el pavo.

–¿Lo has metido en el pavo?

–He hecho lo mismo que una vez cuando tenía nueve años. Le quité una pelota fosforescente a mi hermana y la escondí en un pavo. La idea me ha venido de ahí. Pienso rápido, ¿verdad?

–Sí, desde luego. –Me sentía muy cansado, pero me esforcé por prestarle atención–. ¿Lo has escondido bien? Quiero decir, ¿lo habrán descubierto los polis a estas horas?

–No sé cómo. No sobresalía nada, no sé si me explico. No tienen por qué mirar allí. Estaba de espaldas al pavo y lo he empujado, así. Y lo he seguido empujando. No me he vuelto para mirarlo, porque entonces aquellos muchachos se habrían preguntado qué estaba haciendo. No ha sido una simple ocurrencia, ya lo sabes. El tomar la decisión de darte el premio. Lo había meditado, lo había meditado mucho. Espero que signifique algo para ti. Dios mío, qué sueño tengo.

Volvió a desplomarse sobre mí y cuando me di cuenta ya estaba roncando. Preocupado por su operación, le moví la cabeza con cuidado para que su mejilla no quedara apoyada en mi hombro. Luego, también yo me sumergí en el sueño.

Desperté con un sobresalto y vi los primeros destellos del alba a través del ventanal que teníamos delante. Lindy dormía como un tronco, así que me liberé de ella con cuidado, me puse en pie y estiré los brazos. Me acerqué al cristal y miré el cielo y la autovía de abajo. Se me había ocurrido algo al dormirme y me esforzaba por recordar lo que era, pero tenía el cerebro confuso y agotado. Entonces lo recordé, fui hasta el sofá y desperté a Lindy zarandeándola.

—¿Qué ocurre? ¿Qué ocurre? ¿Qué quieres? —dijo sin abrir los ojos.

—Lindy —dije—. El premio. Nos hemos olvidado del premio.

—Ya te lo he dicho. Está en el pavo.

—Claro, por eso debes escucharme. Puede que a los polis no se les haya ocurrido mirar dentro del pavo. Pero antes o después lo encontrarán. Puede que alguien esté hurgando en este momento.

—¿Y qué? Lo encuentran allí. ¿Y qué?

—Lo encuentran allí, informan del gran hallazgo. Entonces el poli se acuerda de nosotros. Recuerda que estábamos allí, junto a aquel pavo.

Lindy parecía ya más despierta.

—Sí —dijo—. Entiendo lo que quieres decir.

—Mientras el trofeo siga en el pavo, nos relacionarán con el crimen.

196

–¿Crimen? Oye, ¿qué es eso de crimen?

–No importa el nombre que le des. Tenemos que volver y sacar el premio del pavo. No importa dónde lo dejemos después. Pero no podemos dejarlo donde está.

–Cariño, ¿estás seguro de que tenemos que hacerlo? Estoy muy cansada.

–No tenemos más remedio, Lindy. Si lo dejamos donde está, tendrás problemas. Y recuerda que sería un notición para la prensa.

Meditó mis palabras, se enderezó unos centímetros y me miró.

–De acuerdo –dijo–. Volvamos.

Esta vez había ruidos de limpieza y voces en los pasillos, pero conseguimos llegar al salón de baile sin cruzarnos con nadie. También había más luz para ver y orientarse y Lindy señaló el rótulo que había junto a las puertas dobles. Decía con letras de plástico de quita y pon: J. A. EMPRESA DE LIMPIEZA DE PISCINAS DESAYUNO.

–No me extraña que no encontráramos el despacho de los premios –dijo–. No es este salón de baile.

–Es igual. Lo que queremos está ahí.

Cruzamos el salón de baile y entramos en el pasillo de la comida. Al igual que antes, estaba iluminado por una débil luz que venía de alguna parte y por la claridad natural que entraba por las ventanas de ventilación. No había nadie a la vista, pero cuando miré los mostradores supe que estábamos en apuros.

—Parece que ha entrado alguien –dije.

—Sí. –Lindy avanzó por el pasillo, mirando a su alrededor–. Sí. Eso parece.

Todos los botes, bandejas, cajas de pasteles y bandejas cubiertas con campana que habíamos visto antes habían desaparecido. En su lugar sólo había torres de platos limpios y de servilletas a intervalos regulares.

—Bueno, se han llevado toda la comida –dije–. La pregunta es adónde.

Lindy siguió avanzando por el pasillo. Entonces se volvió hacia mí.

—¿Recuerdas cuando estuvimos aquí anoche, antes de que entraran los dos hombres? Tú y yo sosteníamos una discusión bastante fuerte.

—Sí, lo recuerdo. Pero ¿para qué volver sobre eso? Sé que dije cosas fuera de lugar.

—Sí, está bien, olvidémoslo. Pero ¿dónde está el pavo? –Volvió a mirar a su alrededor–. ¿Sabes una cosa, Steve? Cuando era niña, quería ser bailarina y cantante con todas mis fuerzas. Y lo intenté, lo intenté, Dios sabe que lo intenté, pero la gente se reía y yo pensé: no hay justicia en este mundo. Pero luego crecí y me di cuenta de que el mundo, al fin y al cabo, no era tan injusto. De que incluso siendo una persona como yo, una persona sin talento, tenía una oportunidad, siempre podía buscar mi lugar, no tenía que resignarme a ser sólo *público*. No era fácil. Había que trabajar con ahínco, sin que importara lo que dijeran los demás. Pero decididamente había una oportunidad.

–Bueno, parece que lo resolviste bien.

–Es que este mundo funciona de un modo extraño. ¿Sabes? Yo creo que fue muy inteligente. Me refiero a tu mujer. Por decirte que te sometieras a la operación.

–Dejémosla fuera de esto. Oye, Lindy, ¿sabes adónde se va por ahí?

Al final del pasillo, donde terminaban los mostradores, había tres peldaños que conducían a una puerta verde.

–¿Por qué no lo averiguamos? –dijo Lindy.

Abrimos la puerta con todo el sigilo posible y durante un rato no supe dónde me encontraba. Todo estaba oscuro y, cada vez que intentaba girar, tropezaba con una cortina o una lona. Lindy iba delante con la linterna y parecía avanzar con más soltura que yo. Al final salí trastabillando a otro sector a oscuras donde estaba Lindy esperándome e iluminando mis pies con la linterna.

–Ya me he dado cuenta –susurró–. No te gusta hablar de ella. Me refiero a tu mujer.

–Eso no es del todo exacto –susurré–. ¿Dónde estamos?

–Y nunca viene a verte.

–Eso es porque ahora no estamos juntos. Como sin duda sabes ya.

–Perdona. No quería ser entrometida.

–¿No querías ser entrometida?

–Ay, cariño, ¡mira! ¡Está aquí! ¡Lo hemos encontrado!

Enfocaba con la linterna una mesa no muy alejada. Estaba cubierta con un mantel blanco y encima había dos campanas juntas.

Me acerqué a la primera y la levanté despacio. Efectivamente, debajo había un gran pavo asado. Le busqué el orificio e introduje el dedo.

–No toco nada –dije.

–Tienes que meter el dedo a fondo. Yo lo empujé muy adentro. Esos pájaros son más grandes de lo que parece.

–Te digo que aquí no hay nada. Enfoca aquí con la linterna. Vamos a investigar el otro.

Levanté con cuidado la campana del otro pavo.

–¿Sabes, Steve?, creo que cometes un error. No debería turbarte hablar de eso.

–¿Hablar de qué?

–De que te has separado de tu mujer.

–¿He dicho yo que estemos separados? ¿Lo he dicho?

–Creía que...

–Dije que no estábamos juntos. No es lo mismo.

–Pues a mí me parece lo mismo.

–Pues no lo es. Es sólo una medida temporal, para ver cómo sale. Oye, tengo algo. Hay algo aquí. Está aquí dentro.

–Entonces, ¿por qué no lo sacas, querido?

–¿Qué crees que estoy haciendo? ¡Joder! ¿Era necesario meterlo tan adentro?

–¡Calla! ¡Hay alguien ahí!

Al principio fue difícil decir cuántos eran. La voz se fue acercando y entonces me di cuenta de que sólo era un individuo que hablaba sin parar por un móvil.

También comprendí dónde estábamos exactamente. Creía que casualmente habíamos ido a parar a la parte posterior de alguna especie de escenario, pero en realidad estábamos en el escenario, y la cortina que tenía delante era lo único que nos separaba del salón de baile. El hombre del móvil cruzaba el salón en aquellos momentos, camino del escenario.

Susurré a Lindy que apagara la linterna y todo quedó a oscuras. Me dijo al oído: «Vámonos de aquí», y la oí alejarse. Quise sacar la estatuilla del pavo, pero ahora tenía miedo de hacer ruido y, además, ya no palpaba nada con los dedos.

La voz siguió acercándose hasta que comprendí que tenía al individuo delante.

–No es mi problema, Larry. Necesitamos que los logos estén en los menús. Me importa poco cómo lo hagas. Pues entonces hazlo tú mismo. Eso digo, que lo hagas tú personalmente, que los traigas tú mismo. No me importa cómo lo hagas. Los quiero aquí esta mañana, a las siete y media como muy tarde. Tienen que estar aquí. Las mesas están bien. Hay mesas de sobra, confía en mí. De acuerdo. Lo comprobaré. Vale, vale. Sí. Voy a comprobar eso ahora mismo.

Durante la segunda parte, la voz se había ido moviendo hacia un lado. Sin duda accionó algún interruptor de la pared, porque sobre mí cayó directamente un potente haz de luz y oí un zumbido como de aire acondicionado. Pero entonces me di cuenta de que el ruido no procedía de la refrigeración: era de las cortinas, que se estaban abriendo delante de mí.

En mi trayectoria profesional me ha ocurrido dos

veces que, estando en escena y teniendo que tocar un solo, de pronto pienso que no sé cómo empezar, ni en qué clave estoy, ni cómo pasar de un acorde a otro. Las dos ocasiones que me ha ocurrido me quedé paralizado, como si estuviera en una foto fija de película, hasta que los chicos acudieron en mi ayuda. Me ha ocurrido sólo dos veces en veinte años de singladura profesional. El caso es que fue así como reaccioné al foco que me bañaba en luz desde lo alto y a la apertura de las cortinas. Me quedé petrificado. Y me sentí extrañamente distante. Sentí una vaga curiosidad por lo que veía cuando las cortinas se abrieran del todo.

Lo que vi fue el salón de baile y desde la ventajosa perspectiva del escenario percibí mejor el orden en que habían puesto las mesas, en dos hileras paralelas que llegaban hasta el fondo. El foco que tenía encima creaba algunas sombras en el salón, pero distinguí el techo y la trabajada araña.

El hombre del móvil era un gordo calvo con traje claro y camisa abierta. Debía de haberse apartado de la pared al accionar el interruptor, porque ahora estaba más o menos a mi altura. Hablaba con el móvil pegado a la oreja y, por su cara, se habría dicho que estaba concentrado en lo que le decían. Pero supuse que no era así, porque me miraba fijamente. Siguió mirándome y yo le sostenía la mirada, y la situación habría podido eternizarse si no hubiera dicho por el móvil, quizá en respuesta a la pregunta de por qué guardaba silencio:

–No pasa nada. No pasa nada. Es un hombre.

—Hizo una pausa y añadió—: Por un momento pensé que era otra cosa. Pero es un hombre. Con la cabeza vendada y en bata. Es lo único que hay, ahora lo veo bien. Pero es que tiene en la mano un pollo o algo parecido.

Me enderecé e instintivamente fui a abrir los brazos para encogerme de hombros. Tenía aún la mano derecha metida hasta la muñeca en el pavo y éste pesaba tanto que la bandeja cayó con estrépito. Como ya no tenía que preocuparme por esconderme, me empleé a fondo, sin ninguna clase de restricciones, para sacar la mano y la estatuilla. Mientras tanto, el hombre seguía hablando por el móvil.

—No, es exactamente lo que te he dicho. Y ahora se está desprendiendo del pollo. Ah, ha sacado algo. Eh, oiga, ¿qué es eso? ¿Un cocodrilo?

Las últimas palabras me las había dirigido a mí con todo desparpajo. Pero por fin tenía la estatuilla en la mano y el pavo cayó al suelo con estrépito. Mientras corría hacia la oscuridad que había detrás de mí, oí que el hombre decía a su interlocutor:

—¿Yo qué demonios sé? Un número de magia o algo así.

No recuerdo cómo volvimos a nuestra planta. Al salir del escenario volví a perderme entre las cortinas y luego ella me asió la mano y tiró de mí. Cuando me di cuenta, corríamos por el hotel, sin preocuparnos ya de si hacíamos ruido ni de si nos veían. En algún punto dejé la estatuilla en una bandeja del servicio de habitaciones que había delante de una habitación, junto a los restos de una cena.

Cuando llegamos a su habitación, nos desplomamos en el sofá y nos echamos a reír. Reímos hasta que caímos el uno encima del otro. Entonces se levantó, fue a la ventana y subió la persiana. Había luz en el exterior, aunque el cielo estaba nublado. Se acercó al mueble bar y preparó un combinado —«el cóctel sin alcohol más erótico del mundo»— y me lo sirvió en un vaso. Pensé que iba a sentarse junto a mí, pero se dirigió a la ventana dando sorbos a su bebida.

—¿Esperas el momento, Steve? —preguntó al cabo del rato—. ¿El momento de quitarte las vendas?

—Sí, supongo que sí.

—La semana pasada ni siquiera pensaba en eso. Me parecía que aún faltaba mucho. Pero ahora está ya al caer.

—Es cierto —dije—. A mí también me falta poco. —Añadí con cansancio—: Rediós.

Dio un sorbo a su bebida y dejó de mirar por la ventana. Oí que decía:

—Eh, querido, ¿qué te ocurre?

—Estoy bien. Pero necesito dormir un poco, eso es todo.

Me estuvo mirando un rato.

—Ya te lo expliqué, Steve —dijo al final—. Todo irá bien. Boris es el mejor. Ya lo verás.

—Claro.

—Pero ¿qué te ocurre? Mira, para mí es la tercera vez. La segunda con Boris. Todo saldrá bien. Tendrás un aspecto de fábula, de fábula. Y el trabajo... De aquí sales en cohete.

–Quizá.

–¡Déjate de quizá! Notarás la diferencia, créeme. Saldrás en las revistas, saldrás en la televisión.

No repliqué a aquello.

–¡Eh, vamos! –Dio unos pasos hacia mí–. Anímate. No seguirás enfadado conmigo, ¿verdad? Abajo formamos un buen equipo, no me digas que no. Voy a ser de tu equipo desde ahora. Eres todo un genio y voy a encargarme de que las cosas te vayan bien.

–No resultará, Lindy. –Negué con la cabeza–. No resultará.

–Y un cuerno no resultará. Hablaré con gente. Gente que te puede favorecer mucho.

Yo seguía moviendo negativamente la cabeza.

–Te lo agradezco. Pero es inútil. No resultará. No resultará nunca. No debería haberle hecho caso a Bradley.

–Eh, oye. Puede que ya no sea la mujer de Tony, pero aún tengo un montón de buenos amigos en esta ciudad.

–Claro, Lindy, eso ya lo sé. Pero es inútil. Mira, Bradley, que es mi mánager, me convenció de que me sometiera a esto. Prestarle atención fue una idiotez por mi parte, pero no pude evitarlo. Ya no sabía a qué santo encomendarme, y entonces llegó él con su teoría. Dijo que todo era un plan de Helen, mi mujer. Que no me había abandonado en serio. Que eso formaba parte de su plan. Ella lo hacía todo por mí, para que yo me sometiera a la operación. Cuando me quitaran las vendas, tendría otra cara, ella volvería conmigo y todo iría bien otra vez. Eso es lo que dijo Bradley. Yo supe que era un cuento incluso antes de que terminara de hablar, pero ¿qué podía hacer? Por lo menos había allí un rayo de esperanza. Bradley explotó la situación, la explotó, porque él es así, ¿sabes? Bradley es un hampón. Sólo piensa en el beneficio. Y en estar en primera fila. A él le da igual que Helen vuelva o no.

Me callé y Lindy guardó silencio durante un rato.

–Mira, querido, escucha –dijo al final–. Espero que tu mujer vuelva. Te lo digo sinceramente. Pero si no vuelve, bueno, tienes que empezar a poner cierta distancia. Puede que sea una gran persona, pero la vida no se reduce a amar a un solo individuo. Tienes que salir de ésta, Steve. Una persona como tú no puede quedarse entre el público. Mírame a mí. Cuando me quiten las vendas, ¿crees de verdad que voy a tener veinte años menos? No sé. Ha pasado mucho tiempo desde la última vez que me quedé sin marido. Pero voy a salir ahí de todos modos, y lo voy a intentar. –Se acercó y me zarandeó el hombro–. Eh. Sólo estás cansado. Te sentirás mucho mejor si duermes un poco. Escucha. Boris es el mejor. Nos dejará perfectos, a los dos. Ya lo verás.

Dejé el vaso en la mesa y me levanté.

–Creo que tienes razón. Como tú dices, Boris es el mejor. Y formamos un buen equipo abajo.

–Formamos un equipo genial.

Le puse las manos en los hombros y la besé en las vendadas mejillas.

–Que duermas bien –dije–. Volveré pronto y jugaremos otra partida de ajedrez.

Pero desde aquella madrugada apenas volvimos a vernos. Al reflexionar tiempo después, recordé que aquella noche yo había dicho cosas por las que quizá debería haberme disculpado o al menos haber dado una explicación. En aquel momento, sin embargo, cuando volvimos a su habitación y nos hartamos de reír sentados en el sofá, no había parecido necesario, ni siquiera oportuno, volver a sacar a relucir todo aquello. Cuando nos despedimos por la mañana, creía que los dos habíamos superado aquella etapa. A pesar de todo, había visto que Lindy era capaz de dar la vuelta a las cosas. Puede que después recapacitara y volviera a enfadarse conmigo. ¿Quién sabe? De todos modos, aquel día había esperado una llamada suya, pero no la recibí, ni el día siguiente tampoco. En cambio, oí discos de Tony Gardner al otro lado de la pared, a todo volumen, uno tras otro.

Cuando al final pasé a verla, unos cuatro días después, estuvo cordial, pero distante. Como la primera vez, habló mucho de sus amigos famosos, pero no dijo nada de que pudieran ayudarme en mi trayectoria artística. En realidad no me importó. Tratamos de jugar al ajedrez, pero el teléfono no paró de sonar y cada vez Lindy se iba a hablar al dormitorio.

Hasta que hace dos noche llamó a mi puerta y me dijo que se iba. Boris estaba satisfecho de sus resultados con ella y había accedido a quitarle las vendas en su casa. Nos despedimos con cordialidad, pero fue como si en el fondo nos hubiéramos despedido mucho antes, en el epílogo de las correrías nocturnas por el hotel, cuando la había asido por los hombros y la había besado en las mejillas.

Así que ésta es la historia de la temporada que fui vecino de Lindy Gardner. Ojalá le vaya bien. En cuanto a mí, faltan seis días para que me quiten las vendas y muchos más para estar en condiciones de tocar un metal. Pero me he acostumbrado ya a esta vida y paso las horas bastante satisfecho. Ayer me llamó Helen para preguntarme cómo estaba, y cuando le conté que había conocido a Lindy Gardner, se quedó pasmada.

–¿No ha vuelto a casarse? –dijo. Y cuando la puse al corriente añadió–: Ah, ya. Seguramente estaba pensando en el otro. Ya sabes, el que le dio el apellido.

Charlamos de naderías, de lo que ella había visto en la tele, de que su amiga había pasado a verla con su pequeño. Luego me dijo que Prendergast preguntaba por mí, pero cuando lo dijo advertí que se le endurecía la voz. Estuve a punto de preguntarle: «¿Hola? ¿Detecto irritación asociada al nombre del galán?» Pero no lo pregunté, le dije sólo que le diera recuerdos y Helen no volvió a mencionarlo. De todos modos, es posible que fueran imaginaciones mías. Puede que sólo buscara alguna muestra de gratitud por mi parte.

Cuando ya se despedía le dije «Te quiero», como suele decirse aprisa y por rutina al final de una conversación con la pareja. Se produjo un silencio de varios segundos y entonces ella dijo lo mismo, de la misma forma rutinaria. Entonces colgó. Dios sabe lo que aquello representó para mí. Sospecho que ya no queda nada por hacer, salvo esperar a que me quiten las vendas ¿Y entonces qué? Puede que Lindy tenga razón. Puede que, como dice ella, necesite poner cierta distancia y, desde luego, la vida no se reduce a amar a una persona. Puede que sea un auténtico punto de inflexión para mí y la primera fila me esté aguardando. Puede que Lindy tenga razón.

Violonchelistas

Era la tercera vez que tocábamos el tema de *El padrino* desde que había empezado el almuerzo y yo miraba a los turistas sentados en la piazza, por si reconocía a los que ya estaban allí la última vez que lo habíamos interpretado. A la gente no le molesta oír una melodía famosa más de una vez, pero hay que evitar las repeticiones excesivas, para que a nadie se le ocurra sospechar que no tenemos un repertorio decente. En esta época del año es normal repetir melodías. Los primeros indicios del viento otoñal y el ridículo precio del café garantizan un nutrido flujo de clientes. El caso es que por eso miraba las caras que había en la piazza y por eso descubrí a Tibor.

Había levantado el brazo y al principio creí que nos saludaba a nosotros, pero entonces me di cuenta de que llamaba a un camarero. Parecía mayor y había engordado, pero no era difícil reconocerlo. Le di un codazo a Fabian, el acordeón que tenía al lado, y señalé con la cabeza hacia el joven, dado que no podía se-

213

ñalarlo con las manos, que tenía ocupadas con el saxofón. Entonces, al mirar a los de la banda, caí en la cuenta de que, exceptuándonos a Fabian y a mí, no quedaba nadie del grupo que tocaba el verano que conocimos a Tibor.

Sí, habían transcurrido ya siete años, pero aún me afectaba. Cuando tocas con los demás todos los días, acabas pensando en la banda como en una especie de familia y en los demás miembros como en tus hermanos. Y cuando de tarde en tarde se va uno, quieres creer que estaréis siempre en contacto, que mandará postales desde Venecia o desde Londres o desde donde sea, y quizá también una instantánea de la banda con la que está ahora, como cuando se escribe una carta a la familia del pueblo. Así que esos momentos vienen a ser como avisos que nos recuerdan la rapidez con que cambian las cosas. Cómo los amigos del alma de hoy son mañana personas extrañas perdidas, dispersas por Europa, que tocan el tema de *El padrino* o «Las hojas muertas» en plazas y cafés que no visitaremos nunca.

Cuando terminamos la pieza, Fabian me lanzó una mirada asesina, ofendido porque le hubiera dado el codazo durante su «momento especial», que no era exactamente un solo, sino uno de esos raros pasajes en que el violín y el clarinete han enmudecido, yo toco notas suaves al fondo y él sostiene el hilo melódico con el acordeón. Cuando quise explicarme y le señalé a Tibor, que en aquel momento removía un café bajo un quitasol, Fabian pareció no reconocerlo. Al final dijo:

–Ah, sí, el chico del chelo. ¿Seguirá con aquella señora americana?

–Claro que no –dije–. ¿No te acuerdas? La historia se acabó entonces.

Fabian se encogió de hombros, se concentró en la partitura y poco después empezamos la siguiente pieza.

Me decepcionaba que Fabian no se hubiera interesado más, pero supongo que era porque nunca había sentido una curiosidad particular por el joven violonchelista. Hay que entenderlo, Fabian sólo ha tocado en bares y cafés. No era como Giancarlo, el violinista que teníamos entonces, ni como Ernesto, que era nuestro contrabajo. Ellos habían tenido una formación profesional y los individuos como Tibor siempre les resultaban fascinantes. Puede que hubiera algo de envidia por medio, envidia de la alta educación musical de Tibor, del hecho de que aún tuviera toda una vida por delante. Pero, para ser justos, creo que era simplemente que les gustaba tomar bajo su protección a los Tibor de este mundo, cuidarlos un poco, quizá prepararlos para lo que les aguardaba, para que cuando llegaran las decepciones, no les costase tanto encajarlas.

El verano de hace siete años había sido inusualmente caluroso y hubo días que creíamos estar en la otra punta del Adriático. Tocamos en la calle durante más de cuatro meses –bajo el toldo del café, de cara a la piazza y a las mesas– y doy fe de que sudábamos la gota gorda, incluso con dos o tres ventiladores eléctricos zumbando a nuestro alrededor. Pero fue en beneficio de la temporada, con multitud de turistas yendo y viniendo, muchos de Alemania y Austria, pero también nacionales que huían del calor hacia las playas. Fue aquel verano cuando empezamos a fijarnos en los rusos. Hoy nadie presta atención a los turistas rusos, son como los demás. Pero entonces aún llamaban la atención, lo suficiente para detenerse a mirarlos. Vestían de un modo raro y se movían como niños que estrenan escuela. La primera vez que vi a Tibor estábamos en una pausa, descansando alrededor de la mesa que el café nos tenía reservada. Estaba sentado cerca de allí y no paraba de cambiar de sitio el estuche del violonchelo, para que no le diera el sol.

–Mira ése –dijo Giancarlo–. Un ruso que estudia música y no tiene oficio ni beneficio. ¿Y qué hace? Gastarse el dinero en cafés en la plaza principal.

–Un idiota, está claro –dijo Ernesto–. Pero un idiota romántico. Contento de pasar hambre, mientras pueda quedarse toda la tarde en nuestra plaza.

Era delgado, de pelo rubio rojizo, con unas gafas pasadas de moda, con una montura tan grande que parecía un oso panda. Se presentaba todos los días y no recuerdo exactamente cómo sucedió, pero con el tiempo acabamos sentándonos y hablando con él durante los descansos. Y a veces, si aparecía por el café durante la función nocturna, al terminar lo llamábamos y lo invitábamos a vino y *crostini*.

Pronto averiguamos que Tibor era húngaro, no ruso; que probablemente era mayor de lo que parecía, porque había estudiado en el Real Conservatorio de Londres y luego había estado dos años en Viena con Oleg Petrovic. Tras un irregular comienzo con el viejo maestro, había aprendido a sortear sus legendarias pataletas y había dejado Viena lleno de confianza; y con una serie de contratos para actuar en escenarios prestigiosos aunque pequeños de toda Europa. Pero los conciertos empezaron a cancelarse por culpa de la baja demanda; no había tenido más remedio que tocar música que detestaba; el alojamiento había resultado caro o impresentable.

Nuestro bien organizado Festival de las Artes y la Cultura –motivo por el que Tibor estaba allí aquel verano– había supuesto un poderoso incentivo y cuando un amigo del Real Conservatorio le ofreció pasar gratis el verano en un piso junto al canal, Tibor aceptó sin vacilar. La gustaba nuestra ciudad, eso nos dijo, pero el dinero siempre era un problema, y aunque había dado algún que otro recital, no sabía qué hacer a continuación.

Después de oír sus desventuras durante un rato, Giancarlo y Ernesto dijeron que deberíamos hacer algo por él. Y así fue como Tibor llegó a conocer al señor Kaufmann, de Ámsterdam, un pariente lejano de Giancarlo con contactos en el sector de la hostelería.

Recuerdo muy bien aquel atardecer. Aún estábamos a principios de verano y el señor Kaufmann, Giancarlo, Ernesto y los demás estábamos sentados dentro, en la trastienda del café, oyendo a Tibor tocar el violonchelo. El joven debía de saber que era una prueba de audición para el señor Kaufmann, por eso quiero subrayar lo bien que tocó aquella noche. Nos estaba muy agradecido y se notó su satisfacción cuando el señor Kaufmann le prometió hacer lo que pudiera por él cuando volviera a Ámsterdam. Cuando la gente dice que Tibor se echó a perder aquel verano, que se lo creyó demasiado, que todo fue por culpa de la americana, bueno, quizá haya algo de verdad en esto.

Tibor se había fijado en la mujer mientras se tomaba el primer café del día. A aquella hora hacía fresco en la piazza —el extremo del café quedaba a la sombra buena parte de la mañana— y en el pavimento aún se veía el agua de las mangueras de los empleados municipales. Como estaba en ayunas, miraba con envidia a la vecina de mesa, que estaba pidiendo una serie de brebajes a base de fruta y —al parecer por capricho, pues no eran ni las diez— una cazuela de mejillones al vapor. Tibor tenía la vaga impresión de que la mujer lo miraba furtivamente, pero no le concedió importancia.

—Era muy agradable, incluso hermosa —nos dijo entonces—. Pero es que tiene diez o quince años más que yo. Ni se me pasó por la cabeza la posibilidad de que hubiera nada.

Se olvidó de ella y se preparaba para volver a su habitación, para practicar un par de horas antes de que llegara el vecino para comer y pusiera la radio, cuando inesperadamente vio que la mujer estaba delante de él.

Lucía una sonrisa radiante y todo en su comportamiento daba a entender que ya se conocían. En realidad, Tibor no la saludó a causa de su natural timidez. La mujer le puso la mano en el hombro, como si hubiera fracasado en una prueba pero lo perdonara de todos modos.

—Estuve en el recital que diste el otro día —dijo—. En San Lorenzo.

—Gracias —respondió Tibor, aunque se dio cuenta de que era una simpleza. Pero como la mujer seguía sonriéndole, añadió—: Ah, sí, la iglesia de San Lorenzo. Así es. Di un recital allí.

La mujer se echó a reír y se sentó delante de él.

—Hablas como si trabajaras mucho últimamente —dijo con un atisbo de burla en la voz.

—Si cree eso, entonces le he dado una impresión falsa. El recital al que asistió ha sido el único que he dado en dos meses.

—Pero estás empezando —dijo—. Que consigas aunque sea un solo trabajo ya tiene su mérito. Y había mucha gente el otro día.

—¿Mucha gente? Sólo había veinticuatro personas.

—Fue por la tarde. Para ser un recital vespertino no estuvo mal.

—No debería quejarme. Pero no era mucha gente. Turistas que no tenían nada mejor que hacer.

—Ah, no deberías ser despectivo. A fin de cuentas, yo estaba allí, era una turista más. —Como Tibor se sonrojara, porque no había tenido intención de ofenderla, la mujer le puso la mano en el brazo y añadió con una sonrisa—: Sólo estás empezando. No te preocupes por la cantidad de público. No tocas por eso.

—¿No? Si no toco para un público, entonces, ¿para qué toco?

219

–No he dicho eso. Lo que digo es que, en esta fase de tu trayectoria, no tiene importancia que haya veinte o doscientos en el público. ¿Te digo por qué no? Porque tienes fuerza.

–¿La tengo?

–La tienes. Más concretamente. Tienes... *potencial.*

Tibor reprimió la risa espontánea que le acudió a los labios. Se acusó más a sí mismo que a la mujer, porque había esperado que ella dijese «genio» o por lo menos «talento», y al instante se dio cuenta de lo iluso que había sido por creer que iban a decirle aquello. La mujer prosiguió:

–En esta etapa se espera que aparezca una persona que sepa oírnos. Y esa persona podría estar perfectamente en un lugar como el del martes, entre un público de veinte personas...

–Había veinticuatro, sin contar a los organizadores...

–Pues veinticuatro. Lo que digo es que las cifras no importan en ese momento. Lo que importa es esa persona.

–¿Se refiere usted al jefe de la compañía discográfica?

–¿Discográfica? Oh, no, no. Eso vendrá por sí solo. No, yo me refiero a la persona que te hará madurar. A la persona que te oirá y comprenderá que no eres otro mediocre bien adiestrado. Que aunque ahora seas una crisálida, con un poco de ayuda surgirás como una mariposa.

–Entiendo. Y esa persona ¿no será usted por casualidad?

–¡Ah, vamos! Veo que eres un joven orgulloso. Pero no me da la sensación de que haya muchos mentores desesperados por hacerse cargo de ti. Por lo menos, ninguno de mi categoría.

A Tibor se le ocurrió entonces que estaba en el umbral que separa la sensatez de la metedura de pata y observó con atención los rasgos de la mujer. Se había quitado las gafas de sol y vio un rostro que básicamente era cordial y amable, pero con sombras que indicaban la cercanía del malestar y quizá de la cólera. Tibor siguió mirándola con la esperanza de reconocerla, pero al final no tuvo más remedio que decir:

–Le pido mil disculpas. ¿Es usted una música conocida, quizá?

–Soy Eloise McCormack –dijo ella con una sonrisa y tendiéndole la mano.

Por desgracia, Tibor no había oído nunca aquel nombre y se vio en un dilema. Su primer impulso fue fingir admiración y de hecho dijo:

–¿De verdad? Es increíble. –Pero entonces recuperó la calma y se dio cuenta de que farolear no era sólo faltar a la verdad, sino la forma más directa de acabar poniéndose en vergonzosa evidencia unos segundos más tarde. Así que se sentó muy envarado y añadió–: Señora McCormack, es un honor conocerla. Sé que le parecerá increíble, pero le pido que sea indulgente con mi juventud y con la circunstancia de que me crié en lo que antes se llamaba Bloque del Este, al otro lado del Telón de Acero. Hay muchos intérpretes cinematográficos y personalidades políticas cuyo nombre conocen todos en Occidente, pero que

221

para mí son completos desconocidos incluso en nuestros días. Así que le pido perdón por no saber exactamente quién es usted.

—Bueno..., eso es loablemente sincero. —A pesar de sus palabras, se la notaba ofendida y las burbujas de su efervescencia parecieron amodorrarse.

Tras un incómodo momento, Tibor dijo:

—Es usted una música conocida, ¿verdad?

La mujer asintió con la cabeza, paseando la mirada por la plaza.

—Le pido mil perdones una vez más —dijo Tibor—. Fue ciertamente un honor que una persona como usted acudiera a mi recital. ¿Puedo preguntarle por el instrumento que toca?

—El mismo que tú —dijo la mujer rápidamente—. El violonchelo. Por eso vine. Aunque sea un recital humilde como el tuyo, soy incapaz de contenerme. No puedo pasar de largo. Supongo que es como una misión.

—¿Una misión?

—No sé de qué otro modo llamarlo. Quiero que todos los violonchelistas toquen bien. Que toquen de maravilla. Pero con frecuencia tocan mal.

—Disculpe, pero ¿son sólo los violonchelistas los culpables de las malas interpretaciones? ¿O se refiere a todos los músicos?

—Puede que también sea así con los demás instrumentos. Pero yo soy violonchelista, así que escucho a otros violonchelistas, y cuando oigo algo que no va bien... Por ejemplo, el otro día vi a unos jóvenes tocando en el vestíbulo del Museo Cívico y la gente pasaba aprisa junto a ellos, pero yo tuve que detenerme a escuchar. Y créeme, tuve que contenerme mucho para no acercarme a ellos y decírselo.

–¿Cometían errores?

–No eran errores exactamente. Pero..., bueno, es que no era así. No era exactamente así. Pero ¿qué quieres? Yo exijo mucho. Ya sé que no debería esperar que todos lleguen a la cota que me he fijado yo. Sólo eran estudiantes de música, imagino.

Se echó atrás en la silla por primera vez y miró a unos niños que jugaban ruidosamente a salpicarse en la fuente del centro.

Tibor dijo al cabo del rato:

–¿Y sintió ese impulso el martes? ¿El impulso de acercarse y hacerme sugerencias?

Sonrió, pero inmediatamente se puso muy seria.

–Lo sentí –dijo–. Lo sentí de verdad. Porque cuando te oí, recordé cómo era yo antes. Perdóname, porque te va a parecer una grosería. Pero la verdad es que no vas por buen camino. Y cuando te oí, quise ayudarte a encontrarlo. Antes de que sea tarde.

–Permítame señalarle que he recibido clases de Oleg Petrovic.

Tibor lo dijo con rotundidad y esperó la respuesta de la mujer. Se llevó una sorpresa al ver que reprimía una sonrisa.

–Petrovic, sí –dijo–. Petrovic, en su época, fue un músico muy respetado. Sé que para sus alumnos todavía es una figura importante. Pero para muchos, entre los que me incluyo, sus ideas, todo su enfoque... –Negó con la cabeza y enseñó las palmas. Tibor, repentinamente mudo de ira, siguió mirándola con fijeza y la mujer volvió a ponerle la mano en el brazo–. He hablado demasiado. No tengo ningún derecho. Ya me voy.

Se puso en pie y el gesto apaciguó a Tibor; era un joven generoso y enfadarse con la gente mucho tiempo no era propio de él. Además, lo que la mujer había dicho de su ex profesor había removido sentimientos turbadores que guardaba en lo más profundo, pensamientos que no se atrevía a formularse claramente a sí mismo. En consecuencia, cuando levantó los ojos para mirarla, en su cara había sobre todo confusión.

–Mira –dijo la mujer–, seguramente estás demasiado enfadado conmigo para reflexionar ahora. Pero me gustaría ayudarte. Si te decides y quieres que hablemos, me hospedo allí. En el Excelsior.

Es el hotel más espectacular de la ciudad y está enfrente del café, al otro lado de la plaza, y la mujer lo señaló para que Tibor lo viera, le sonrió y se alejó andando en dirección a él. Tibor la miraba todavía cuando la mujer se volvió al llegar a la fuente del centro, con tanta brusquedad que espantó a unas palomas, saludó a Tibor con la mano y siguió andando.

Durante dos días pensó a menudo en aquel encuentro. Volvió a ver la sonrisita de superioridad de la mujer mientras él pronunciaba con orgullo el nombre de Petrovic, y volvió a encendérsele la sangre. Pero al reflexionar se dio cuenta de que en realidad no se había enfadado por el viejo profesor. Era más bien que se había acostumbrado a que el nombre de Petrovic produjera siempre cierta impresión, a que evocarlo se tradujera en atención y respeto: en otras palabras, había acabado por confiar en él como si fuera un certificado que pudiera pasear por todo el mundo. Lo que le había turbado tanto era la posibilidad de que el certificado tuviera menos valor de lo que había supuesto.

También recordaba la invitación que le había hecho al despedirse, y durante las horas que pasaba en la plaza, sin darse cuenta, se volvía a mirar el otro extremo, hacia la suntuosa puerta del Hotel Excelsior, por delante de cuyo portero desfilaba un flujo continuo de taxis y limusinas.

Por fin, tres días después de la conversación con Eloise McCormack, cruzó la piazza, avanzó entre los mármoles del vestíbulo y en recepción solicitó hablar con la habitación de la mujer. El empleado habló por teléfono, le preguntó su nombre y después de una breve conversación le tendió el auricular.

—Lo siento mucho —dijo la mujer—. El otro día olvidé preguntarte cómo te llamabas y me ha costado un poco adivinar quién eras. Pero no me he olvidado de ti, claro que no. En realidad, he pensado en ti muchísimo. Hay muchas cosas que me gustaría comentar contigo. Pero ya sabes, estas cosas hay que hacerlas bien. ¿Tienes el chelo ahí? No, claro que no. Si te parece, vuelve dentro de una hora, una hora exactamente, y esta vez tráete el chelo. Te estaré esperando.

Cuando volvió al Excelsior con el instrumento, el recepcionista le señaló inmediatamente los ascensores

225

y le dijo que la señora McCormack le estaba esperando.

La idea de entrar en la habitación de la mujer, aunque fuera a media tarde, le parecía algo turbadoramente íntimo y suspiró de alivio al encontrarse en una suite de gran tamaño en la que no se veía ni rastro del dormitorio. Las contraventanas de las altas puertas del balcón estaban abiertas en aquel momento, de forma que la brisa agitaba las cortinas de encaje, y Tibor advirtió que si salía al balcón vería la plaza. La habitación, con las desnudas paredes de piedra y el suelo de madera oscura, casi tenía un aire monástico, sólo contrarrestado en parte por las flores, los cojines y el mobiliario de tienda de antigüedades. La mujer, en cambio, iba con camiseta, pantalón de chándal y zapatillas deportivas, como si acabara de hacer footing. Lo recibió sin ceremonias –sin ofrecerle un té o un café– y le dijo:

–Toca. Toca algo de lo que tocaste en el recital.

Le indicó una silla recta y pulimentada, cuidadosamente colocada en el centro de la habitación. Tibor se sentó en ella y sacó el instrumento del estuche. Ante el desconcierto del joven, la mujer tomó asiento delante del balcón, para que Tibor la viera de perfil y mirando al vacío cada vez que levantase los ojos. La mujer no cambió de postura cuando Tibor se puso a tocar, y cuando terminó la primera pieza, no hizo ningún comentario. Tibor, por lo tanto, pasó enseguida a otra pieza y luego a otra. Transcurrió media hora, luego la hora entera. Y algo que tenía que ver con la habitación en sombras y con su austera acústica, con el sol de la tarde frenado por las oscilantes cortinas de encaje, con el creciente rumor de fondo que subía de la piazza, y por encima de todo con la presencia de la mujer, le arrancaba notas con resonancias e insinuaciones desconocidas. Al finalizar la hora, Tibor estaba convencido de que había satisfecho con creces las expectativas de la mujer, pero cuando terminó la última pieza y guardó medio minuto de silencio, la mujer volvió la silla hacia él y dijo:

–Sí, comprendo exactamente dónde te encuentras. No va a ser fácil, pero puedes hacerlo. Decididamente, puedes hacerlo. Empecemos por la de Britten. Tócala otra vez, sólo el primer movimiento, y luego hablamos. Podemos corregirlo juntos, un poco cada vez.

Al oír aquello, el primer impulso del joven fue guardar el instrumento e irse. Pero otro impulso –quizá fuera simple curiosidad, quizá otra cosa más profunda– se sobrepuso a su soberbia y le obligó a interpretar otra vez la obra que había pedido la mujer. Cuando le interrumpió y se puso a hablar al cabo de unos compases, volvió a sentir el impulso de irse. Decidió, sólo por educación, soportar aquella clase no solicitada durante otros cinco minutos. Pero sin darse cuenta se quedó más tiempo, luego más tiempo aún. Siguió tocando, la mujer volvió a abrir la boca. Sus palabras, al principio, siempre le parecían llenas de pretensiones y demasiado abstractas, pero cuando trataba de adaptar su espíritu a la interpretación, el joven se quedaba gratamente sorprendido por el efecto. Cuando se dio cuenta había transcurrido otra hora.

–De pronto vi algo –nos contó Tibor–. Un jardín en el que no había entrado aún. Y allí estaba, a lo lejos. Había obstáculos en el camino. Pero, por primera vez, allí estaba. Un jardín como no había visto otro en mi vida.

El sol se ponía ya cuando salió del hotel, cruzó la plaza, se acercó a las mesas del café y se permitió el lujo de tomar un pastel de almendra con un batido, sin poder contener el júbilo.

Durante varios días volvió al hotel por la tarde y siempre salía, si no con la misma sensación de revelación que había experimentado en la primera visita, sí al menos con energía y esperanza renovadas. Los comentarios de la mujer se volvieron tan atrevidos que a un extraño, si hubiera habido alguno delante, habrían podido parecerle presuntuosos, pero Tibor ya no estaba en situación de enfocar de este modo las intervenciones de su anfitriona. Ahora temía que la visita de la mujer a la ciudad terminara y tuviera que marcharse, y esta idea no le dejaba en paz, perturbaba su sueño y proyectaba una sombra cuando salía a la plaza después de otra estimulante velada. Pero cada vez que sacaba a relucir este detalle de manera indirecta, las respuestas eran siempre vagas y en modo alguno tranquilizadoras. «Bueno, hasta que haga demasiado frío para mí», dijo una vez. Y otra: «Creo que me quedaré mientras no me aburra.»

–Pero ¿cómo es ella? –preguntábamos a Tibor–. Con el chelo. ¿Cómo es?

La primera vez que planteamos este tema, Tibor no nos dio una respuesta cabal y se limitó a decir: «A mí me dijo que siempre ha sido una virtuosa» o algo parecido, y cambiaba de conversación. Pero cuando se dio cuenta de que ya no colaba, dio un suspiro y nos lo explicó.

La verdad era que Tibor, ya en la primer velada, había sentido curiosidad por oírla tocar, pero estaba demasiado acobardado para pedírselo. Había sentido un suave codazo de suspicacia cuando, al mirar por toda la habitación, no había visto el menor rastro del instrumento de la mujer. Al fin y al cabo, era de lo más lógico que se hubiera ido de vacaciones sin el chelo. Pero es que cabía perfectamente la posibilidad de que hubiera uno —tal vez de alquiler— detrás de la puerta cerrada del dormitorio.

Conforme proseguían sus visitas al hotel crecían sus recelos. Se había esforzado por alejarlos de su mente, pues por entonces había eliminado todas las reticencias anteriores en relación con aquellas veladas. El solo hecho de que la mujer lo escuchara parecía encontrar vetas nuevas en la imaginación de Tibor, y en las horas que mediaban entre los encuentros vespertinos tendía a ensayar mentalmente una pieza, a prever los comentarios femeninos, sus cabeceos negativos, sus ceños, sus asentimientos con la cabeza, y lo más gratificante de todo, los momentos en que parecía transportada por las frases que él estaba tocando, en que cerraba los ojos y, casi contra su voluntad, se ponía a imitar con las manos los movimientos de Tibor. De todos modos, las sospechas no desaparecieron, y un día entró en la habitación y vio abierto el dormitorio. Vio más paredes de piedra, una cama con dosel de aspecto medieval, pero ni el menor rastro de violonchelo. ¿Podría una virtuosa pasar tanto tiempo sin tocar su herramienta, por mucho que estuviera de vacaciones? Pero también acabó expulsando de la mente esta pregunta.

El verano siguió su curso y se acostumbraron a prolongar las veladas acercándose juntos al café al terminar los ensayos, y la mujer lo invitaba a café y bollería y a veces a un bocadillo. Ahora ya no hablaban sólo de música, aunque todo parecía volver a ella. Por ejemplo, le preguntó por la chica alemana con la que había intimado en Viena.

—Pero debo aclararle que no era mi novia —respondía él—. No tuvimos nunca una relación de esa clase.

—¿Quieres decir que no tuvisteis intimidad física? Eso no significa que no estuvieras enamorado.

—No, señorita Eloise, eso no es exacto. Yo simpatizaba con ella, es cierto. Pero no estábamos enamorados.

—Pero cuando ayer me tocaste lo de Rachmaninov, evocabas una emoción. Era amor, amor romántico.

—No, eso es absurdo. Era una buena amiga, pero no estábamos enamorados.

—Tú interpretaste ese pasaje como si fuera el *recuerdo* de un amor. Eres muy joven, pero ya conoces la deserción, el abandono. Por eso tocas de ese modo el tercer movimiento. Casi todos los violonchelistas lo tocan con alegría. Pero tú no sientes alegría, tú sientes el recuerdo de un momento de alegría que se ha ido para siempre.

Charlaban de cosas así y él sentía a menudo la tentación de hacerle preguntas a su vez. Pero así como nunca se había atrevido a hacer preguntas personales a Petrovic durante todo el tiempo que había estudiado con él, se sentía incapaz de preguntarle a ella nada importante. Antes bien, se concentraba en los pequeños detalles que ella dejaba caer de vez en cuando: que ahora vivía en Portland, Oregón, y que tres años antes había vivido en Boston, que no le gustaba París porque le recordaba momentos tristes; pero se abstenía de pedirle que ampliara estos datos.

La mujer reía ahora con más espontaneidad que los primeros días de amistad musical, y cuando salían del Excelsior y cruzaban la piazza, adquirió la costumbre de colgarse de su brazo. Fue en esta etapa cuando empezamos a fijarnos en ellos, porque formaban una pareja llamativa, él porque parecía más joven de lo que era y ella porque una veces parecía su madre y otras «una actriz coqueta», como dijo Ernesto. Antes de tratar con él hablábamos mucho de los dos, como suelen hacer los que tocan en una banda. Si pasaban del brazo junto a nosotros, nos mirábamos y decíamos: «¿Qué opináis? ¿Verdad que están liados?» Pero después de mucho especular, nos encogíamos de hombros y confesábamos que era poco probable: no tenían aire de amantes. Y cuando empezamos a tratar a Tibor y nos habló de las tardes que pasaba en la suite de la mujer, a ninguno se le ocurrió pincharle ni hacer insinuaciones humorísticas.

Una tarde que estaban los dos sentados en la plaza, con café y bollería, la mujer le habló de un hombre que quería casarse con ella. Se llamaba Peter Henderson y tenía una próspera tienda de artículos de golf en Oregón. Era elegante, amable y muy respetado en la comunidad. Era seis años mayor que Eloise, pero de ningún modo un viejo. Tenía dos hijos pequeños de un matrimonio anterior, que se había disuelto amistosamente.

—Así que ya sabes qué hago aquí —dijo, con una risa nerviosa que Tibor no le había oído hasta entonces—. Me escondo. Peter no sabe dónde estoy. Supongo que es una crueldad por mi parte. Lo llamé el martes pasado, le dije que estaba en Italia, pero no en qué ciudad. Estaba enfadado conmigo e imagino que tiene derecho a estarlo.

—O sea —dijo Tibor— que está usted pasando el verano meditando sobre el futuro.

—La verdad es que no. Sólo me escondo.

—¿No ama al tal Peter?

La mujer se encogió de hombros.

—Es un hombre simpático. Y no tengo tantas ofertas sobre la mesa.

—Ese Peter, ¿es aficionado a la música?

—Ah... Donde vivo ahora seguramente se le consideraría así. Al fin y al cabo, va a conciertos. Y luego, en el restaurante, dice cosas agradables sobre lo que hemos oído. Así que podría decirse que es aficionado a la música.

—Pero... ¿la valora?

—Sabe que no siempre será fácil, me refiero a vivir con una virtuosa. –La mujer dio un suspiro–. Ése ha sido el problema toda mi vida. Tampoco te resultará fácil a ti. Pero tú y yo, en el fondo, no tenemos otra opción. Tenemos un camino que recorrer.

No volvió a hablar de Peter, pero a raíz de aquella conversación la relación que se había establecido entre ambos se desplazó a una dimensión distinta. Cuando al terminar él de tocar caía ella en sus habituales silencios reflexivos, o cuando, sentados juntos en la piazza, ella adoptaba una expresión distante y dejaba vagar la mirada por los quitasoles más próximos, la situación ya no era incómoda y, lejos de sentirse menospreciado, Tibor sabía que la mujer valoraba que él estuviera allí con ella.

Una tarde, al terminar de tocar una pieza, la mujer le pidió que repitiese un breve pasaje, apenas ocho compases, antes del final. Tibor lo repitió y vio que la frente de la mujer seguía fruncida.

—No parece nuestro –dijo Eloise, negando con la cabeza. Como de costumbre, estaba sentada delante del balcón, dándole el perfil–. Lo demás estaba bien. Lo demás *era* nuestro. Pero ese pasaje... –Se estremeció ligeramente.

Tibor volvió a tocarlo, ahora de otro modo, pero seguramente no como quería ella, y no le extrañó ver que negaba otra vez con la cabeza.

—Lo siento –dijo Tibor–. Debe usted expresarse con más claridad. No entiendo eso de «nuestro».

–¿Insinúas que quieres oírmelo tocar a mí? ¿Es eso lo que estás diciendo?

Lo había dicho con calma, pero cuando volvió la cara para mirarlo, él se dio cuenta de la tensión que se cernía sobre ambos. La mujer lo miró con fijeza, casi desafiándolo, esperando su respuesta.

Al final dijo:

–No. Probaré otra vez.

–Pero te preguntas por qué no lo toco yo, ¿verdad? Por qué no empuño tu instrumento y te doy un ejemplo práctico de lo que quiero decir.

–No... –Tibor negó con la cabeza con lo que él esperaba que fuera despreocupación–. No. Creo que va bien así, como lo hacemos siempre. Usted hace sugerencias verbales, yo toco. Es distinto, no es como si la imitase. Sus palabras me abren ventanas. Si tocara usted, las ventanas no se abrirían. Yo sólo imitaría.

La mujer meditó aquello y dijo:

–Seguramente estás en lo cierto. Está bien, procuraré explicarme un poco mejor.

Y durante unos minutos estuvo hablando de las diferencias entre las codas y los interludios. Luego, cuando Tibor tocó aquellos compases por enésima vez, la mujer sonrió y asintió con la cabeza.

Pero desde aquella breve charla se introdujo algo misterioso en sus tardes. Puede que hubiera estado allí desde el principio, pero ahora había salido a la luz y flotaba entre ellos. En otra ocasión, sentados en la piazza, Tibor le había contado que el anterior propietario de su violonchelo lo había conseguido, en los tiempos de la Unión Soviética, a cambio de unos vaqueros genuinamente americanos. Cuando terminó de contarle la anécdota, la mujer lo miró con una semisonrisa extraña.

–Es un buen instrumento –dijo–. Tiene una voz exquisita. Pero como ni siquiera lo he tenido en las manos, no sabría juzgar.

Tibor supo entonces que la mujer lo estaba llevando hacia aquel terreno y desvió rápidamente la mirada.

–No creo que sea el instrumento indicado para una persona de su categoría –dijo–. Creo que ya ni siquiera es el indicado para mí.

Se dio cuenta de que ya no se podía relajar hablando con ella por miedo a que tomara las riendas de la conversación y la condujera a aquel terreno. Una parte de su mente estaba siempre en guardia, incluso durante las charlas más agradables, lista para cortarle el paso si ella encontraba algún hueco. A pesar de todo, no podía esquivarla todo el tiempo y cuando ella decía, por ejemplo: «Bueno, sería mucho más fácil si me vieras tocar», se limitaba a fingir que no la oía.

A últimos de septiembre –la brisa ya había refrescado– Giancarlo recibió una llamada telefónica de Ámsterdam, del señor Kaufmann; había una plaza libre para un violonchelista en una pequeña orquesta de cámara, en un hotel de cinco estrellas del centro de la ciudad. La orquesta tocaba cuatro noches a la semana en una elevada tribuna que daba al comedor; además, los músicos tenían otras «obligaciones secundarias, no musicales» en otros puntos del hotel. Se garantizaba habitación y comida. El señor Kaufmann se había acordado inmediatamente de Tibor y le habían reservado el puesto. Se lo comunicamos a Tibor enseguida, en el café, la misma tarde de la llamada, y creo que todos nos quedamos atónitos al ver la fría respuesta del joven. Desde luego, su actitud contrastaba mucho con la que le habíamos visto adoptar a comienzos del verano, cuando le arreglamos la «audición» con el señor Kaufmann. Giancarlo en concreto se puso muy furioso.

–Pero ¿qué tienes que meditar? –preguntó al joven–. ¿Qué esperas? ¿El Carnegie Hall?

–No quiero parecer ingrato. Pero debo pensarlo bien. Tocar para gente que charla y come. Y esas otras obligaciones de hostelería. ¿De veras le conviene esto a un músico como yo?

Giancarlo perdía la paciencia con facilidad y tuvimos que sujetarlo entre todos para que no asiera a Tibor por las solapas de la chaqueta y le vociferase en la cara. Algunos incluso nos sentimos obligados a defender al chico, señalando que al fin y al cabo era su vida, y que no tenía por qué aceptar un trabajo en el que no se sentiría cómodo. Las cosas se calmaron al final y Tibor reconoció que el empleo tenía algunos aspectos interesantes, si se planteaba como algo temporal. Y nuestra ciudad, lo señaló haciendo hincapié en ello, se convertiría en un páramo cuando acabara la temporada turística. Ámsterdam por lo menos era un centro cultural.

–Lo meditaré cuidadosamente –dijo al final–. ¿Podríais ser tan amables de decirle al señor Kaufmann que le comunicaré mi decisión antes de tres días?

Aquello no satisfizo a Giancarlo –en el fondo esperaba gratitud servil–, pero de todos modos consintió en llamar al señor Kaufmann. No se mencionó el nombre de Eloise McCormack en ningún momento de la discusión de aquella tarde, pero a ninguno de nosotros se le escapó que su influencia estaba detrás de todo lo que había dicho Tibor.

–Esa mujer lo ha convertido en un engreído de mierda –dijo Ernesto cuando Tibor se fue–. Que vaya con esos humos a Ámsterdam. Ya se enterará de lo que vale un peine.

Tibor no había contado a Eloise lo de la prueba de audición con el señor Kaufmann. Había estado a punto de mencionárselo muchas veces, pero siempre se había echado atrás, y cuanto más se intensificaba su amistad, más creía él que haber accedido a una cosa así equivalía a una traición. Así que es natural que Tibor no se sintiera inclinado a consultar con Eloise los últimos acontecimientos, ni siquiera a darle a entender que se habían producido. Pero nunca había sido hábil guardando secretos y su decisión de ocultárselo a la mujer tuvo efectos inesperados.

Hacía un calor inusual aquella tarde. Tibor había acudido al hotel, como de costumbre, y se había puesto a tocar unas piezas nuevas que había preparado. Pero, a los tres minutos, la mujer le dijo que parase.

–Algo va mal. Me he dado cuenta en cuanto has

entrado. Te conozco ya tan bien, Tibor, que lo he advertido por tu forma de llamar a la puerta. Y ahora que te he oído tocar, estoy convencida. Es inútil, no puedes ocultármelo.

Tibor estaba un poco consternado, bajó el arco y estaba a punto de abrirle su corazón cuando la mujer levantó la mano y dijo:

—Es algo a lo que no podemos seguir dando la espalda. Siempre quieres evitarlo, pero es inútil. Quiero que lo hablemos. Toda la semana pasada estuve esperando hablar de ese asunto.

—¿En serio? —Tibor la miró estupefacto.

—Sí —dijo la mujer, moviendo la silla para mirarlo de frente por primera vez—. Nunca he tenido intención de engañarte, Tibor. Estas últimas semanas no han sido las más fáciles de mi vida y tú has sido un amigo ideal. No soportaba que pensaras en ningún momento que quería gastarte una broma pesada. No, por favor, no me interrumpas esta vez. Quiero decirlo. Si me dieras el violonchelo y me dijeras que tocara, tendría que decirte que no, que no sabría. No porque el instrumento sea demasiado malo, nada de eso. Pero si ahora estás pensando que soy una impostora, que en cierto modo he fingido ser lo que no soy, entonces quiero decirte que te equivocas. Fíjate en todo lo que hemos alcanzado juntos. ¿No es prueba suficiente de que no finjo? Sí, te dije que era una virtuosa. Bueno, permíteme que te explique lo que quise decir con eso. Lo que quise decir es que yo nací con un don muy especial, lo mismo que tú. Tú y yo tenemos algo que la mayor parte de los violonchelistas no ten-

238

drá nunca, por muy tenazmente que practique. Yo lo reconocí en ti, desde el momento en que te oí en aquella iglesia. Y en cierto modo tú tuviste que reconocerlo también en mí. Por eso acabaste viniendo al hotel.

»No hay muchos como nosotros, Tibor, y nos reconocemos. Que no haya aprendido aún a tocar el chelo no cambia nada. Tienes que entender que soy una virtuosa. Pero una virtuosa todavía *sin destapar*. Tú también, tú aún no te has destapado del todo, y eso es lo que he estado haciendo estas semanas. He querido ayudarte a desenterrar esas capas. Pero nunca he pretendido engañarte. El noventa y nueve por ciento de los violonchelistas no tiene nada bajo esas capas. Por eso, las personas como nosotros tenemos que ayudarnos. Cuando nos descubrimos en una plaza atestada de gente, donde sea, tenemos que tendernos la mano, porque somos muy pocos.

Tibor vio lágrimas en los ojos de la mujer, aunque su voz no se había alterado en ningún momento. Guardó silencio entonces y otra vez se volvió para darle el perfil.

—Así que cree ser una violonchelista especial –dijo Tibor al cabo de un momento–. Una virtuosa. Los demás, señorita Eloise, tenemos que armarnos de valor y destaparnos solos, como usted ha dicho, siempre inseguros de lo que encontraremos debajo. Sin embargo, usted, usted no se ocupa de destaparse. Usted no hace nada. Pero está muy convencida de ser una virtuosa...

—Por favor, no te enfades. Sé que suena un poco a

chifladura. Pero es así, es la verdad. Mi madre descubrió mi don enseguida, cuando era pequeña. Por lo menos le estoy agradecida por aquello. Pero los profesores que me buscó, a los cuatro años, a los siete, a los once, no eran buenos. Mi madre no lo sabía, pero yo sí. A pesar de ser muy pequeña, tenía este instinto. Sabía que tenía que proteger mi don de personas que, por muy buenas intenciones que tuvieran, podían destruirlo. Así que las dejé fuera. Tú tienes que hacer lo mismo, Tibor. Tu don es precioso.

–Perdone –la interrumpió Tibor, con voz más amable ahora–. Dice que tocó el chelo de niña. Pero en la actualidad...

–No toco un instrumento desde que tenía once años. Desde que le expliqué a mi madre que no podía continuar con el señor Roth. Y ella lo comprendió. Admitió que era mucho mejor no hacer nada y esperar. Lo fundamental era no deteriorar mi don. Ya llegaría mi hora. Vale, a veces pienso que se me ha hecho demasiado tarde. Tengo ya cuarenta y un años. Pero al menos no he puesto en peligro lo que recibí al nacer. Con el paso de los años he conocido a muchísimos profesores que han dicho que me ayudarían, pero no les creí. A veces es difícil, Tibor, incluso para nosotros. Esos profesores, son muy... *profesionales*, hablan muy bien, escuchas y al principio te engañan. Piensas: sí, por fin hay alguien que me ayuda, uno de *los nuestros*. Luego te das cuenta de que no hay nada de eso. Y entonces tienes que endurecerte y cerrar las compuertas. Recuerda eso, Tibor, siempre es mejor esperar. A veces me siento mal por eso, por no haber desvelado aún mi don. Pero no lo he deteriorado y eso es lo que cuenta.

Tibor acabó tocando un par de piezas previamente ensayadas por él, pero no pudieron recuperar el espíritu habitual y terminaron pronto la velada. Ya en la piazza, tomaron café y hablaron poco, hasta que él le contó que tenía intención de irse unos días de la ciudad. Siempre había querido explorar el campo de los alrededores, dijo, y se había organizado unas pequeñas vacaciones.

–Te sentarán bien –dijo la mujer con tranquilidad–. Pero no te quedes mucho tiempo. Aún tenemos mucho que hacer.

Tibor le aseguró que volvería al cabo de una semana lo más tarde. Sin embargo, cuando se despidieron, la mujer se mostró un poco nerviosa.

Tibor no había sido del todo sincero en lo de su partida: aún no había organizado nada. Pero aquella misma tarde, cuando se marchó Eloise, se fue a su casa, hizo algunas llamadas y reservó una cama en un albergue juvenil de las montañas, muy cerca de Umbría. Aquella noche vino al café a vernos, y además de contarnos lo del viaje –le dimos toda clase de consejos contradictorios sobre adónde ir y qué ver–, pidió a Giancarlo, con actitud algo mansa, que comunicara al señor Kaufmann que le gustaría aceptar el empleo.

–¿Qué remedio me queda? –nos dijo–. Cuando regrese, ya no tendré ni un céntimo.

Tibor pasó unos días agradables en el campo. No nos habló mucho de aquel viaje, aparte de que había trabado amistad con unos excursionistas alemanes y de que había pasado en los restaurantes de montaña más tiempo del que podía permitirse. Volvió al cabo de una semana, con un aspecto visiblemente descansado, pero deseoso de saber si Eloise McCormack seguía en la ciudad.

Las multitudes de turistas empezaban a decrecer por entonces y los camareros de los cafés sacaban calefactores de terraza para ponerlos entre las mesas. La tarde de su regreso, a la hora de costumbre, Tibor volvió con el chelo al Excelsior y descubrió con placer no sólo que Eloise lo estaba esperando, sino que lo había echado de menos. Lo recibió con efusividad, y así como otra persona, movida por la cordialidad, lo hubiera invitado a comer o a beber, ella lo condujo a su silla habitual y se puso a abrir el estuche del chelo con impaciencia, diciéndole:

–¡Toca para mí! ¡Vamos! ¡Toca, toca!

Pasaron juntos una tarde maravillosa. Él había estado preocupado por lo que podía suceder después de la «confesión» de ella y de su despedida, pero toda la tensión parecía haberse evaporado y el clima entre ambos fue más cordial que nunca. Cuando, al acabar una pieza, ella cerraba los ojos y se lanzaba a una larga y dolorosa crítica de la ejecución, Tibor no sentía ya ningún rencor, sólo avidez por entenderla al máximo. El día siguiente y el otro discurrieron del mismo modo: relajados, a veces incluso con bromas, y Tibor pensó que no había tocado mejor en su vida. En ningún momento se refirieron a la conversación que habían sostenido antes de la partida del joven y tampoco ella le preguntó por los días que había pasado en el campo. Sólo hablaban de música.

Entonces, el cuarto día después del regreso de Tibor, una serie de pequeños incidentes –entre ellos una fuga de agua en el baño del joven– le impidió presentarse en el Excelsior a la hora de costumbre. Cuando pasó por delante del café, estaba oscureciendo, los camareros habían encendido las velas protegidas por tulipas de vidrio, y nosotros habíamos tocado ya un par de piezas del programa de la cena. Nos saludó con la mano y siguió cruzando la plaza, camino del hotel, dando la impresión, a causa del violonchelo, de que cojeaba.

Advirtió que el recepcionista titubeaba ligeramente antes de llamarla por teléfono. Luego, cuando la mujer le abrió la puerta, lo recibió con cordialidad, pero con un matiz diferente, y antes de que Tibor pudiera hablar, la mujer le informó:

–Tibor, me alegro de que hayas venido. En este momento le estaba hablando a Peter de ti. Es verdad, ¡Peter consiguió encontrarme al final! –Volvió la cabeza hacia el fondo–: ¡Peter, está aquí! Tibor está aquí. ¡Y con el chelo!

Cuando Tibor entró en la habitación, un hombre canoso, corpulento y desgarbado, vestido con un polo rosa, se puso en pie con una sonrisa. Estrechó la mano de Tibor con firmeza y dijo:

–Ah, me lo han contado todo sobre ti. Eloise está convencida de que vas a ser una gran estrella.

–Peter es muy tenaz –dijo Eloise–. Sabía que acabaría por encontrarme.

–Nadie puede esconderse de mí –dijo Peter. Acercó una silla para Tibor, sacó del mueble bar un cubo con hielo y le sirvió una copa de champán–. Vamos, Tibor, ayúdanos a celebrar el reencuentro.

Tibor dio un sorbo al champán sin dejar de pensar en que Peter le había acercado casualmente la «silla de tocar el chelo». Eloise había desaparecido y durante un rato los dos hombres hablaron con la copa en la mano. Peter parecía persona amable y le hizo muchas preguntas. ¿Qué había representado para Tibor criarse en un lugar como Hungría? ¿Le había impresionado mucho entrar en contacto con Occidente?

–Me gustaría saber tocar un instrumento –dijo Peter–. Tienes mucha suerte. Me gustaría aprender. Un poco tarde ya, supongo.

–Ah, no hay que decir nunca que es demasiado tarde –dijo Tibor.

–Tienes razón. Nunca digas que es demasiado tarde. Demasiado tarde es siempre una excusa. No, la verdad es que soy un hombre muy ocupado y me repito que estoy demasiado ocupado para aprender francés, para aprender a tocar un instrumento y para leer *Guerra y paz*. Todo lo que he querido hacer desde siempre. Eloise tocaba cuando era pequeña. Supongo que te lo habrá dicho.

–Sí, me lo contó. Ya me he dado cuenta de que tiene muchas dotes naturales.

–Sí, claro que las tiene. Cualquiera que la conozca te dirá lo mismo. Tiene mucha sensibilidad. Es ella quien debería recibir clases. Yo, yo soy Dedos de Plátano. –Enseñó las manos y se echó a reír–. Me gustaría saber tocar el piano, pero ¿qué puedo hacer con unas manos así? Estupendas para trabajar la tierra, que es lo que ha hecho mi familia durante generaciones. Pero esta mujer –señaló la puerta con la copa–..., esta mujer tiene auténtica sensibilidad.

Eloise salió por fin del dormitorio con un vestido de noche oscuro y muchas joyas.

–Peter, no aburras a Tibor –dijo–. No le interesa el golf.

Peter abrió las manos y miró a Tibor con expectación suplicante.

–Dime, Tibor. ¿He dicho una sola palabra sobre golf?

Tibor dijo que tenía que marcharse; que se daba cuenta de que la pareja quería ir a cenar y él les estaba estorbando. La pareja replicó con negativas y Peter dijo:

–Fíjate en mí. ¿Te parece que voy vestido para la cena?

Y aunque Tibor pensó que iba vestido de manera muy correcta, lanzó la carcajada que al parecer se esperaba. Peter dijo entonces:

–Tú no te vas sin tocar algo. He oído hablar demasiado de tu forma de tocar.

Tibor, algo confuso, abría ya el estuche cuando Eloise dijo con firmeza y un timbre nuevo en la voz:

–Tibor tiene razón. Se hace tarde. Los restaurantes de aquí no te guardan la mesa si no llegas puntual. Ve a vestirte, Peter. De paso podrías afeitarte. Yo acompañaré a Tibor. Quiero hablar con él en privado.

En el ascensor se sonrieron con afecto, pero no hablaron. Cuando salieron a la calle vieron que ya habían encendido las luces de la piazza. Los niños locales habían vuelto de las vacaciones y jugaban al fútbol o se perseguían unos a otros alrededor de la fuente. Era el momento más concurrido de la *passeggiata* nocturna y supongo que nuestra música llegaría flotando en el aire hasta donde se encontraban ellos.

–Pues así es –dijo Eloise finalmente–. Me ha encontrado y supongo que me merece.

–Es una persona encantadora –dijo Tibor–. ¿Tiene intención de volver a América ahora?

–Dentro de unos días. Supongo que sí.

–¿Se casarán?

–Creo que sí. –Eloise lo miró con seriedad unos segundos y apartó la mirada–. Creo que sí –repitió.

–Le deseo mucha felicidad. Es un buen hombre. Y un aficionado a la música. Eso es importante para usted.

–Sí. Es importante.

–Hace un rato, mientras usted se arreglaba. No hablamos de golf, sino de clases de música.

–¿En serio? ¿Habló de recibirlas él o de recibirlas yo?

–Los dos. Pero no creo que en Portland, Oregón, haya muchos profesores capacitados para darle clases a usted.

Eloise se rió.

–Ya te lo dije, es difícil para personas como nosotros.

—Sí, ya me doy cuenta. Después de estas semanas, me doy más cuenta que nunca. —Luego añadió—: Señorita Eloise, hay algo que debo decirle antes de que nos despidamos. Dentro de poco me voy a Ámsterdam, me han ofrecido un empleo en un gran hotel de allí.

—¿Vas a trabajar de portero?

—No. Tocaré en una pequeña orquesta de cámara en el comedor del hotel. Entretendremos a los huéspedes mientras comen.

Tibor la observaba con atención y vio que en el fondo de sus ojos se encendía y se apagaba algo. Eloise le puso la mano en el brazo y sonrió.

—Bueno, pues buena suerte. —Luego añadió—: Los huéspedes del hotel. Será una agradable sorpresa para ellos.

—Eso espero.

Estuvieron juntos y callados otro poco, fuera del charco de luz que proyectaba la fachada del hotel, con el voluminoso chelo entre ambos.

—Y también espero —añadió— que sea muy feliz con el señor Peter.

—Yo también lo espero —dijo ella, riendo otra vez. Entonces le dio un beso en la mejilla y un rápido abrazo—. Cuídate —dijo.

Tibor le dio las gracias y, cuando se dio cuenta, Eloise se alejaba ya hacia el Excelsior.

Tibor se fue de la ciudad poco después. La última vez que tomamos unas copas juntos se mostró muy agradecido con Giancarlo y con Ernesto por el trabajo y con todos por nuestra amistad, pero a mí me dejó con la impresión de que había estado un poco distante. Unos cuantos lo pensaron también, no sólo yo, aunque Giancarlo, como era típico en él, se puso ahora de parte de Tibor, diciendo que lo único que pasaba era que el chico estaba nervioso y emocionado porque daba un paso más en la vida.

–¿Emocionado? ¿Por qué va a estar emocionado? –dijo Ernesto–. Se ha pasado el verano oyendo decir que es un genio. Trabajar en el ramo de la hostelería es una humillación para él. Sentarse y hablar con nosotros, eso es otra humillación. Era un buen chico a principios de verano. Pero después de lo que le ha hecho esa mujer, me alegraré de perderlo de vista.

Como ya dije, todo esto sucedió hace siete años. Giancarlo, Ernesto, todos los de la banda de entonces se han ido de aquí, menos Fabian y yo. Hasta que lo vi en la piazza el otro día hacía mucho que no pensaba en nuestro joven maestro húngaro. No costaba mucho reconocerlo. Había engordado, es verdad, y el cuello se le había puesto macizo. Y en su forma de llamar al camarero con el dedo –aunque es posible que esto me lo imaginara– había ese rasgo de impaciencia, esa brusquedad que brota cuando hay resentimiento. Pero puede que sea injusto decir esto. Al fin y al cabo, sólo lo vi de refilón. A pesar de todo, me pareció que había perdido la avidez juvenil por agradar y los pulcros modales de que había hecho gala entonces. Lo cual no es una desgracia en este mundo, podría alegarse.

Me habría acercado para hablar con él, pero cuando terminamos el programa ya se había ido. Que yo sepa, sólo estuvo allí aquella tarde. Iba con traje —nada del otro mundo, uno normal y corriente–, así que es posible que tenga un trabajo administrativo en alguna parte. Puede que tuviera que hacer gestiones cerca de allí y se hubiera acercado a nuestra ciudad sólo para recordar viejos tiempos, ¿quién sabe? Si vuelve a la plaza y no estoy tocando, me acercaré y hablaremos un rato.

ÍNDICE